JN303723

もう、ジョーイったら！ 1

ぼく、カギをのんじゃった！

ジャック・ギャントス 作　前沢明枝 訳

JOEY PIGZA SWALLOWED THE KEY

【Joey Pigza Swallowed the Key】
By Jack Gantos
Copyright © 1998 by Jack Gantos
First published in the United States of America 1998
by Farrar, Straus and Giroux, N.Y.
Japanese translation rights arranged with Writers House LLC,
through Japan UNI Agency, Inc., Tokyo.

アンとメイベルへ

目《もく》次《じ》

1　カゲキなぼく

クラスの子たちはみんな、ぼくのことを、カゲキに反抗的《はんこうてき》とか、カゲキに怒《おこ》るとか、カゲキにへまをするとか、カゲキに明るいとか言う。その日の気分や、先生がどこまで怒《おこ》るかにもよるけど、ぼくがカゲキなのはまちがいない。

*新学期《しんがっき》がはじまって、四年生になっても同じだった。午前中は、まだ平気《へいき》。クラスのみんなといっしょに、ちゃんと勉強《べんきょう》していられるから。でも、お昼ごはんが終《お》わって薬《くすり》が切れてくると、たいへんなことになる。

たとえば、このまえの算数の授業《じゅぎょう》。担任《たんにん》のマクシー先生が問題《もんだい》を出すたびに、ぼくは手をあげた。算数はすごくとくい。でも、いざ先生にあてられると、答えはわかっていても、「それは、あとにしてチョーダイ！」と言ってしまう。何度《なんど》でも、あてられるたびにやっちゃうんだ。

そのうち、ぼくは自分でもだんだんおかしくなってきて、笑《わら》いが止まらなくなり、イスからこ

＊　アメリカの小学校では、九月に新しい学年がはじまる。

ろげ落《お》ちてしまった。先生は口をへの字にして、ぼくをにらんだ。この顔は、「まじめにやりなさい」っていう意味《いみ》。でも、ぼくは、まじめにできなかった。先生が質問《しつもん》すると、また手をあげる。そのうち、ほかの子はあきれて、手をあげるのをやめてしまった。そうなっても、ぼくはあげつづけた。先生は、ものすごい目でこっちをにらんで、「はい、じゃあ、ジョーイ」と言った。

ぼくは先生をにらみ返《かえ》して、いっしゅん、ちゃんと答えるようなふりをしてから、元気よく言った。

「それは、あとにしてチョーダイ！」

先生は、とうとうドアを指《ゆび》さしてどなった。

「ろうかに立ってなさいっ」

クラスのみんなから、わーっと歓声《かんせい》があがった。

ところが、ろうかに出て一秒《びょう》もしないうちに、ぼくはポケットにスーパーボールが入っているのに気づいて、ろうかにならんだロッカーや天井《てんじょう》にぶつけて遊《あそ》びだした。そうしたら、となりの教室からディーブス先生が顔を出して、のらねこでも追《お》いはらうみたいに、「うるさいわよ！」ってどなった。そのとたん、今度《こんど》は、まえからやってみたかったことを思い出した。テレビでタスマニアデビル*が、コマみたいにくるくるまわるのを見たことがあって、それをまねしてみたかったんだ。

　さっそく自分のベルトの留《と》め金《がね》をはずしてバックルをつかみ、ひもでコマをまわすようにして思いっきりひっぱった。でも、そのぐらいじゃ、体はあまりうまくまわらない。それで、はいていたバスケットシューズのひもを両足《りょうあし》ともほどいてぬくと、結《むす》んで長くしてベルトに結《むす》びつけ、おなかにぐるぐるまいた。ひものはしを持って思いっきりひっぱったら、ちょっとまわった。何《なん》度《ど》も何度《なんど》もやるうち、少しずつうまくまわるようになったけど、だんだん目もまわってきて、ふらふらとロッカーにぶつかりだした。もう一度《いちど》、うんと強くひもをひっぱったら、すごいいきおいでまわりだして、ぼくは「ぐーわあー」と、タスマニアデビルみたいな声をあげた。

　すると、マクシー先生が教室から飛《と》び出してきて、ぼくの肩《かた》を両手《りょうて》でぐっとつかんだ。急《きゅう》に止められたから、ひものないバスケットシューズがぬげて、ろうかを飛《と》んでいった。先生が言った。

「五分間、足をきっちりと床《ゆか》につけて立っていなさい。できないなら、ジャーザブ校長先生のところまで、ぐるぐるまわっていきなさい。どっちがいい？」

　ぼくは、また言ってしまった。

「それは、あとにしてチョーダイ！」

　先生の顔が、まっ赤《か》になった。

＊　オーストラリアのタスマニア島に生息《せいそく》する、ツキノワグマに似《に》た小型《こがた》の動物。ぞっとするようなうなり声《ごえ》をあげることから、デビル（悪魔《あくま》）と呼《よ》ばれる。

「五分間、とにかく五分間じっとしていなさい。五分したら、教室に入っていいから」

ぼくはうなずいた。でも先生がいなくなると、すぐにまた、ベルトとくつひもを体にまきつけて、思いっきりひっぱって、ぐるぐるまわりながらロッカーにぶつかった。あんまりすごいいきおいでぶつかったから、べろの下にかくしていたガムは口から出ちゃうし、スーパーボールは手から落《お》ちて、ろうかをボヨンボヨンはずんでいくし、急《きゅう》な坂道《さかみち》をごろごろころげ落《お》ちるみたいに、ぐるぐるまわるのが止まらなくなって、目をまわした金魚が水槽《すいそう》のガラスに衝突《しょうとつ》するように、ガラス張《ば》りの校長室のかべに激突《げきとつ》した。

すぐさま校長先生が出てきて、ぼくはかべにおさえつけられ、そのままのかっこうで、これからはもう少し態度《たいど》をよくしないといけない、とか言われた。そのあと、ぼくは校長室の床《ゆか》にすわり、同じ学校の幼稚園《ようちえん》の子たちが箱《はこ》にごちゃごちゃにしまった、ものすごい数のクレヨンを全部《ぜんぶ》出して、青、みどり、赤、黄……と、色別《いろべつ》の山を作って、下校《げこう》までの時間をすごした。

2　ピグザ家《け》の高圧線《こうあつせん》家系図《かけいず》

父さんは、ぼくがまだ幼稚園《ようちえん》のころ、家を出ていった。母さんも、追《お》いかけて行ってしまった。だからぼくは、三年生の終わる五月すぎまで＊、おばあちゃんとふたりで暮《く》らしていた。つまり、母さんが父さんを連《つ》れもどすのをあきらめて、ぼくのところへもどろうと思いついたのは、けっこう最近《さいきん》のことなんだ。

夏のある朝、玄関《げんかん》のベルが鳴った。

「だれ？」と、ぼくはさけんだ。

おばあちゃんといっしょにドアを開《あ》けると、知らない女の人が玄関《げんかん》マットの上に立っていた。ぴかぴかにみがいたくつに、ぼうしをかぶり、まるで日曜に教会に行くみたいに、きちんとしたかっこうをしている。その人が言った。

「長いこと留守《るす》にして、ごめんなさい」

＊　アメリカの小学校では、早いところでは五月中旬《ちゅうじゅん》から、新学年《しんがくねん》のはじまる九月まで夏休みになる。

おばあちゃんは、「ふん、まだ母親のつもりかい」と言って、ぼくをひじでうしろに追《お》いやった。ぼくは、なめていたアメを飲《の》んじゃいそうになった。女の人が、また口を開《ひら》いた。

「やり直したいの」

おばあちゃんは、「またかい！」と大声で言って、おばあちゃんのうしろから頭を出してのぞいていたぼくを、今度《こんど》はひっぱり出した。

ふたりの言ってることは、よくわからなかった。女の人は、どうぞとも言われてないのに、ドアをおして中に入ってきて、ぼくに話しかけた。

「ジョーイ、おぼえてる？　あんたの母さんよ」

その人が、ぼくの頭をなでようとしたので、ひょいとよけて言った。

「わかんないよ。母さんのことなんか、おぼえてないもん」

女の人は、なんだかとてもつらそうな顔をした。きっとほんとうに、この人はぼくの母さんなんだろう。だって、知らない人なら、そんなこと言われたくらいで、こんなに悲しそうにしないだろうから。でも、母さんは、へこたれなかった。家の中をずかずかと歩きまわり、おばあちゃんとぼくのちらかしぶりを見ると、首を横《よこ》にふって言った。

「あたしがもどったからには、暮《く》らし方《かた》を変えてもらうわ。ゴミためとは今日でお別《わか》れ」

母さんは、どんどん決《き》まりを作って、ぼくとおばあちゃんと家の中を、思いどおりにしようとした。そのときは母さんのこと、ちっとも好《す》きじゃなかったし、最初《さいしょ》の何週間かは、みんなでけんかばかりしていた。

母さんが家にもどってきたとき、ぼくは、カゲキにどうしようもない状態《じょうたい》だった。まわりの人たちは、ぼくがおかしいのは、おばあちゃんのせいだと思っていた。でも、ほんとうは、おばあちゃんが生まれつきカゲキで、父さんのカーター・ピグザも生まれつきカゲキで、ぼくも似《に》ちゃったんだと思う。ぼくのうちの家系図《かけいず》は、ふつうの線でつながっているんじゃなくて、電気の通った高圧線《こうあっせん》でつながっている気がする。

おばあちゃんはいつも、ぼくのことを、父さんそっくりだと言ってた。「一日じゅうかべにぶつかっちゃあ、はねっ返《かえ》されてる」って。父さんは、いまだに家のほうには、はね返《かえ》ってこない。きっとどこかで勝手《かって》にはねつづけているんだろう。おばあちゃんは、父さんはピッツバーグ*に飛《と》んでいったんだ、と話してくれた。はね返《かえ》っているうちにいつか、またうちの玄関《げんかん》に飛《と》んでくるといいな。父さんがどんな人か、会ってみたいから。

ぼくの持《も》っているミニカーに、ネジをまいて走らせるのがある。何かにぶつかるたびに、方向《ほうこう》転換《てんかん》して走りつづける。それを見てると、父さんもいまごろ、目をぐるぐるまわしながら、ハン

＊　アメリカのペンシルベニア州《しゅう》にある大都市。ジョーイたちの住むランカスター群《ぐん》も同じ州《しゅう》にある。

ドルをにぎってアクセルをふんでいるんじゃないかな、なんて思うんだ。ミニカーは、ネジが切れたら止まる。でも父さんは、たぶん止まらないで、建物《たてもの》や信号機《しんごうき》や駐車中《ちゅうしゃちゅう》の車に、かたっぱしからぶつかりつづけているんだろうな。

ぼくと父さんは、ほんとうによく似《に》ているらしい。おばあちゃんが、めずらしくきげんのいいとき、話してくれた。

「ジョーイ、もう少し、こう、まともにできないもんかね。おまえだって、父ちゃんみたいにはなりたくないだろう？」

「それは、あとにしてチョーダイ！」

ぼくは、そう言って逃《に》げようとしたけど、つかまってしまった。

「ちゃんと聞くんだよ。おまえの父ちゃんは神経《しんけい》がいかれてて、じっと立っていられないんだ。せっかく診療所《しんりょうじょ》がただで薬《くすり》をくれるってときだって、ならんで待《ま》っていられなかったんだからね」

そしておばあちゃんは、両手《りょうて》でぼくの両耳《りょうみみ》をつかんで持《も》ちあげた。ぼくは悲鳴《ひめい》をあげ、ヘビみたいに体をくねらせて、ようやく放《はな》してもらった。

ぼくがおかしいのは、おばあちゃんのせいだと思っていた人たちは、おかしいのはおばあちゃんだけで、ぼくは何も悪《わる》くない、と思っていた。でも、それはまちがい。ぼくたちはふたりして、頭のいかれたコンビだった。ぼくがハルク[*1]で、おばあちゃんがドクター・ドゥーム[*2]って感《かん》じ。家の中を走りまわっては、プロレスラーのように平手打《ひらてう》ちをしあう。電話が鳴れば、大声で悪口を言いながら、あいてをはり倒《たお》してでも出ようとする。だから、どちらかがようやく電話にたどりついても、かけてきた人は、待《ま》ちくたびれて電話を切ってしまっている。

家の中には、きちんとかたづいているところとか、最後《さいご》までちゃんと仕上《しあ》がっているものなんて、ひとつもなかった。古代《こだい》エジプトの壁画《へきが》ができるはずのジグソーパズルのピースは、食堂《しょくどう》のテーブルの上にちらばって、床《ゆか》にまで落《お》ちていた。やり忘《わす》れた宿題《しゅくだい》は山のようにたまっているし、おばあちゃんの顔をした大きなバッタの絵は、セロハンテープで床《ゆか》に貼《は》ってあって、まるでトラックにひかれたみたいだ。まどには、ぬれた葉《は》っぱが貼《は》りついたままだし、イスには、ぬいぐるみが接着剤《せっちゃくざい》でくっつけてある。コンロのつまみは、全部《ぜんぶ》はずして、かれた植木《うえき》の鉢《はち》の中にうめてあるし、ドアのノブと天井《てんじょう》の電灯《でんとう》と床《ゆか》の通気口《つうきこう》のあいだには、ひもをはりめぐらしてあって、大きなクモの巣《す》のようになっていた。おばあちゃんは、しょっちゅうこの巣《す》にかかって、悲鳴《ひめい》をあげた。

＊1　アメリカのコミックのヒーロー。日本でも『超人《ちょうじん》ハルク』として知られる。
＊2　アメリカのコミック『ファンタスティック・フォー』の悪役。

「たあすけてええええ、たあすけてええええええ」

人間の顔をしたハエ怪獣役《かいじゅうやく》で、そのまま怪獣映画《かいじゅうえいが》に出られそうな感《かん》じ。おばあちゃんは、たまにおもしろい。でも、いつもじゃない。たいていは、ぼくを追《お》いまわして、ぼくのやることなすこと全部《ぜんぶ》に文句《もんく》を言ってた。「さわるんじゃない」「動《うご》くんじゃない」「走るな」「大声出すな」って。

うちの中では、何にさわっても、何を言っても、何をしても、マンガに出てくる地獄《じごく》にいるみたいだった。焼《や》けた熱《あつ》い石炭《せきたん》の上に立たされて、小さな赤い悪魔《あくま》たちに、でっかいフォークみたいなのでおしりをつつかれながら、燃《も》えさかる炎《ほのお》の中を逃《に》げまわる感《かん》じ。何か言おうと口を開《あ》けただけでも、べろをやけどしそうだった。たまに、ぼくがおとなしくすわっているようなときでも、少しでも体を動《うご》かせば、おばあちゃんはやっぱり文句《もんく》を言った。

ぼくをどなるのと編《あ》みものとは、同時にできた。おばあちゃんは、*三銃士《さんじゅうし》を一度《いちど》にやっつけているみたいに、ものすごいいきおいで編《あ》み針《ばり》を動《うご》かし、あっというまに近所《きんじょ》じゅうの家をひとくくりにできるほどの長さまで編《あ》んでしまう。でも、その編《あ》んだものが、何か使えるものになったことは一度《いちど》もない。はじまったことが、きちんと終《お》わったためしがない。おばあちゃんがやることも、ぼくの宿題《しゅくだい》も趣味《しゅみ》も、けっきょくはゴミの山になるだけだった。

ぼくの部屋《へや》は、床《ゆか》からかべのとちゅうまでは、落《お》ちついたピンク色にぬってあった。だれかが、ピンク色にすれば、ぼくが落《お》ちつくって言ったから。だけど、効《き》き目《め》はなかった。

母さんが帰ってくるまで、ぼくのベッドは、イスと、タンスからひっぱり出した引き出しといっしょに、部屋《へや》のすみにおしやられていた。どの引き出しも、表面《ひょうめん》に貼《は》った木目《もくめ》もようの紙がはがれて、バラバラにこわれかけている。ペンキよけにシーツの上に広げてあった古新聞は、そのまま毛布《もうふ》がわりになっていた。おばあちゃんが、部屋《へや》を全部《ぜんぶ》ピンクにぬってくれていたら、落《お》ちついたかもしれないのに、と思うこともあった。だから、ときどき物置《ものおき》に入って、ペンキの缶《かん》のふたをこじあけ、中のピンク色のペンキを見つめて、催眠術《さいみんじゅつ》にかかったように何時間もすごすこともあった。ほんとうは、ほんの何分かだったのかもしれないけど。もし、色で気持《きも》ちが変わるとしたら、ピンクを見ると落《お》ちつくっていうのは、ほんとうだと思う。ただ、あのピンクが、かんぺきなピンクじゃなかったんだ。だって、けっきょくは、いつものカゲキなぼくにもどってしまったわけだから。

＊

この夏、母さんがもどってきて、いろいろきちんとしはじめたら、おばあちゃんは、まえよりいじわるになった。おばあちゃんも、決《き》まりがきらいだったんだろう。母さんが仕事《しごと》に行っているあいだは、ぼくとおばあちゃんのふたりきりになる。そんなとき、おばあちゃんは、ぼくにい

フランスの作家アレクサンドル・デュマの作品『三銃士《さんじゅうし》』に出てくる、三人のすぐれた剣士《けんし》。

じわるをした。

新学期《しんがっき》がはじまるひと月くらいまえのある日、おばあちゃんは、午前中、ずっとぼくをいじめていた。午後になっても、編《あ》みものもしないで、ますますいじわるになった。ついには、ぼくがぴょんぴょんはねまわっているのを見てものすごく腹《はら》をたて、冷蔵庫《れいぞうこ》の中のものを全部《ぜんぶ》、台所《だいどころ》にばらまいてしまった。おまけに棚板《たないた》まではずして、床《ゆか》に投《な》げつけた。

「ほれ、この中に入ってろ！」

おばあちゃんの足もとには、ケチャップのビンが、ボウリングのピンみたいにころがっている。おばあちゃんの口からは入れ歯《いば》が半分飛《と》び出し、ななめ上のほうにずれて、自分の耳をいまにも食いちぎってしまいそうになっていた。そのようすを見て、ぼくはいっしゅん、はねまわるのをやめた。

「入れ！　あたしが爆発《ばくはつ》するまえに、入るんだよ！」

どの言葉《ことば》も、やけどしそうに熱《あつ》くひびいた。

「やだよ。お願《ねが》いだからゆるしてよ」

ぼくは、ぴょんぴょんと、かた足ずつ飛《と》びはねた。おばあちゃんは、体を何度《なんど》もくの字に曲げながら、力をこめてどなった。

「入るんだよ。入らなかったら、おまえが、あたしの決《き》まりはちっとも守らないって、母ちゃんに、言いつけてやる！」

それでも、ぼくは入らなかった。ぼくだって、聞いていい命令《めいれい》といけない命令《めいれい》があることくらいわかる。冷蔵庫《れいぞうこ》の中に入れだなんて、聞いちゃいけない命令《めいれい》だ。

「どうしようもない子だね。あたしゃ疲《つか》れたよ」

おばあちゃんはそう言って、バンッと冷蔵庫《れいぞうこ》のドアを閉《し》めた。そして玄関《げんかん》の外のポーチに出ると、ゆりイスにすわり、タバコをふかしだした。すぐまた、おばあちゃんのどなり声《ごえ》がした。うちの庭《にわ》に、ゴミを投《な》げ入れたやつがいたらしい。それからおばあちゃんは、ドスドスと足音をたてて、出かけてしまった。

ひとりになったぼくは、こわいのをがまんして母さんを待った。夜になって母さんが帰ってきて、ぐちゃぐちゃの台所《だいどころ》を見た。ぼくが昼間あったことを話すと、母さんは、すっかりあきれて怒《おこ》りだした。

「あんたが神経《しんけい》やられるのも、むりないわ」

ふたりで、おばあちゃんをさがしに行った。通りの角にある、排水溝《はいすいこう》の格子《こうし》のふたのわきに、かかとのすりへったおばあちゃんのくつが、かたほう落《お》ちていた。母さんは、少し考えてから言った。

「おばあちゃん、カゲキになりすぎて排水溝《はいすいこう》に落《お》ちて、流《なが》されちゃったのかもね」

でも、警察《けいさつ》には届《とど》けなかった。そのあと二日間、ぼくは何度《なんど》も排水溝《はいすいこう》のふたをはずしては、暗《くら》い穴《あな》の中に頭をつっこんでさけんだ。

「おばあちゃーん、おばあちゃーん、ぼくは怒《おこ》ってないから！　もどってきて！」

返事《へんじ》はなかった。ぼくもときどき、カゲキになると、おばあちゃんみたいになってしまうから、なんだか悲《かな》しかった。ぼくがそう話したら、母さんが言った。

「おばあちゃんは、あんたとはちょっとちがうわ。カゲキになると、口が止まらなくなるのよ。あんたは足だけど」

おばあちゃんはいつも、一日の半分は、だれかにすごくひどいことを言って、残《のこ》りの半分はあやまっていた。

「おばあちゃんは、口が異常《いじょう》にカゲキ、あんたは、足が動《うご》きだしたら止まらない。ドアの開《あ》け閉《し》めがやめられなくなったり、ベッドの上で飛《と》びはねるのがやめられなくなったりするのもあるね」

「うん」

ぼくはうつむいて、頭の、はげてるところをかいた。かきむしって毛をぬいたところをまたかいたせいで、少し血《ち》も出てきた。母さんは、ぼくのかいてる手を両手《りょうて》でつかんで言った。

「あんたのおばあちゃんは、話しだしたら止まらないのよ。『おまえは何やってんだ、なんでもかんでもめちゃくちゃにして。あたしの言うこと、聞きゃあしない。おまえは大ばかだって言ってるだろ』って調子《ちょうし》でね」

　母さんの言うとおり。おばあちゃんは、ひどいことを言いだすとますます興奮《こうふん》して、つぎつぎと口からひどい言葉《ことば》が出てくる。自分でも何を言いだすかわからなくなって、秒速《びょうそく》三十メートルの速《はや》さで口をぱくぱく動《うご》かす。ようやくその口が止まると、今度《こんど》はものすごく後悔《こうかい》して言うんだ。

「ほんとうにごめんよ。自分でも何を言ってるのか、わからなくなるんだ。あたしの言うことをまともに聞いちゃいけないよ。なんでもかんでも、ぼろくそにけなす悪《あく》たればばあなんだよ」

　同じことを、何度《なんど》も何度《なんど》も言う。おばあちゃんも、ほんとうは薬《くすり》が必要《ひつよう》なんじゃないかな。年《とし》寄《よ》り用《よう》の特別《とくべつ》の薬《くすり》。だけど、おばあちゃんはもう、ずいぶん年をとっているから、ひどいことを言いだして止まらなくなっても、だれも病気のせいだとは思わない。頭のおかしい、いかればばあと思うだけだ。でもぼくは、おばあちゃんは年寄《としよ》りだけど、やっぱりぼくと同じ病気《びょうき》だと思う。

　母さんがもどってきてから、ぼくの毎日はすっかり変《か》わった。いまは、母さんがいなくなったら、ほんとうにこまる。ぼくが、めちゃくちゃになっているときでも、ちゃんとわかってくれるのは、母さんしかいない。

　昨日だってそうだ。朝、学校に行くまえ、ぼくはスタントマンごっこをしてた。まえの晩《ばん》、母さんが電球《でんきゅう》を取《と》りかえるときに使《つか》ったふみ台にのぼって、おなかからソファの上にどさっと倒《たお》れこみ、そのまま床《ゆか》にころがり落《お》ちる。母さんは起きてくるなり、ぼくをだきかかえ、ぼくの顔に自分の顔を近づけて聞いた。

「どうしました、先生？　今日はだいじょうぶそうですか？　それとも、めちゃくちゃになりそうですか？」

「それは、あとにしてチョーダイ！」

そう言って逃《に》げようとするぼくの目の前に、母さんは、げんこつにした両手《りょうて》をさっとつき出し、「どっちにする？」って聞く。ぼくがかたほう選《えら》ぶと、その手を広げて見せる。手のひらには、ぼくの薬《くすり》がのっている。いっつもそう。ぼくの薬専用《くすりせんよう》のペッツ*の容器《ようき》みたい。それから、母さんはぼくの頭をやさしくなでて言った。

「ほうらね。ジョーイは、ちゃんと自分に必要《ひつよう》なものがわかるんだから。さて、そのふみ台、台所《どころ》にかたづけてくれる？」

「うん」

ぼくは笑《わら》って、水なしで薬《くすり》を飲《の》みこんだ。薬《くすり》がのどを通って、ずん、ずん、ずんとおなかの中に落《お》ちていくのがわかる。それからふみ台を持《も》ちあげて、台所《だいどころ》めがけて思いっきり投《な》げた。思いどおりにいかず、ふみ台は台所《だいどころ》のドアのわくにぶつかった。いらいらして、何度《なんど》も何度《なんど》も同じことをやった。ドアのわくのペンキがはげ落《お》ちた。でも母さんは、ぼくの投《な》げたふみ台が、うまく台所《だいどころ》の入口をぬけてごろんごろんところがり、台所《だいどころ》のテーブルにあたって、プラスチックのニワトリ型《がた》の塩《しお》コショウ入れが床《ゆか》に落《お》ちるまで、やらせてくれた。うしろから母さんがさけぶ。「ジョーイは、赤んぼうのときから、四角い穴《あな》に四角い積《つ》み木《き》をはめるのに苦労《くろう》してたね。決《き》まりの一番、おぼえてる？『落《お》ちついて、自分がいま何をしているか、考えること』」

母さんは、ぼくの決《き》まりを作るのが大好《だいす》きだ。

＊　ペッツは小粒《こつぶ》のキャンディーで、キャラクターの頭のついた容器《ようき》の取り出し口をおすと、中味《なかみ》がひとつずつ出てくる。

3　じゃま者《もの》

夏休みが終わるころ、母さんは学校に呼ばれた。先生たちと、ぼくのことについて話しあうためだ。母さんはむずかしい顔をして家に帰ってくると、ぼくを部屋《へや》に追《お》いやって、しばらく、もらってきた書類《しょるい》を読んでいた。それから、ぼくの部屋《へや》に来て、ベッドにすわって話してくれた。ほんとうはもう一回、三年生をやって、特別授業《とくべつじゅぎょう》も受けなくちゃいけないところだ、と言われたって。でも、＊三年生担当《たんとう》の先生が、もう一度ぼくを教えるのはいやだと言ったので、進級《しんきゅう》することになったたって。

「まあ、先生の気持《きも》ちもわかるけど。ジョーイはときどき、どうしようもなくなっちゃうこと、あるからね」

「どうしてぼくのこと、そんなに、じゃま者《もの》にするのかなあ」

ほんとうに、どうしてだろう。ぼくは、教室になんてほとんどいないのに。たいてい、校長室か保健室《ほけんしつ》にいるんだ。それか、図書館《としょかん》か食堂《しょくどう》でお手伝《てつだ》いをしているか、校庭《こうてい》で走りまわっているかだ。一日じゅう、じゃま者《もの》ってわけじゃないはずなんだ。たとえば雨がふりだすと、先生たちはぼくに、駐車場《ちゅうしゃじょう》に走っていって、車のまどを閉《し》めてきてって頼《たの》む。ずぶぬれになって、しずくをぽたぽた落《お》としながら帰ってきても、だれも文句《もんく》を言わない。学校の事務室《じむしつ》にいるときに荷物《にもつ》が届《とど》いたら、倉庫《そうこ》に運《はこ》ぶのを手伝《てつだ》ってあげる。そして、手に「よくできました」のスタンプをおしてもらう。「がんばりましょう」じゃない。飛《と》んでるハエをつかまえるのがじょうずだし、教室に入ってきたクモは全部退治《ぜんぶたいじ》するし、クラスで飼《か》っているハツカネズミがカゴから逃《に》げ出さないように、気をつけている。こんなにいろんなことをして、みんなの役《やく》に立っているのに、こういうことは、きっと書類《しょるい》には書いてないんだ。自分がカンペキじゃないのはわかってる。でも、ぼくにいろんなことを頼《たの》んでおいて、書類《しょるい》にはぼくの悪いところしか書かないなんて、不公平《ふこうへい》だと思う。ぼくは言った。

「悪《わる》いことばかり言われると、悲《かな》しくなっちゃうよ」

「まあね。でも、これからはよくなっていくわよ。今度《こんど》ね、ジョーイを病院《びょういん》に連《つ》れていって、きちんと見てもらってくださいってさ」

母さんはそう言うと、ぼくをだきよせて、顔じゅうにキスした。目玉にもキスされそうだった

＊アメリカの小学校の中には、それぞれの先生の担当学年《たんとうがくねん》が決《き》まっていて、毎年同じ学年を受け持つ仕組《しく》みになっているところがある。

ので、目をつぶった。

四年生になって学校がはじまると、新しい担任《たんにん》のマクシー先生も、ぼくについての書類《しょるい》を読んでいた。新しい教室へ行くと、ぼくの席《せき》が決《き》めてあって、先生は、どこまでいい子でがんばれるか、やってみましょうね、と言った。その日、先生は「ちゃんと見はってますよ」という顔で、ずっとこっちを見ていた。見はられるのには慣《な》れているんだ。去年《きょねん》、ぼくひとりのためにカウンセラーが来て、ぼくのあとをずっとついてまわっていたから。カウンセラーは、ぼくにテストをやらせては、報告書《ほうこくしょ》を書いて、おばあちゃんに送《おく》っていた。おばあちゃんはゴミだと言って、読まずに捨《す》ててたけど。

朝ごはんのときに薬《くすり》を飲《の》むと、午前中はだいたいじっとすわっていられる。マクシー先生の目をしっかり見て、算数の質問《しつもん》にも答えられる。

でも、昼まえになると、イスがゴツゴツおしりにあたるような感《かん》じがしてきて、じっとすわっているのがたいへんになってくる。そして午後《ごご》になると、大きなバネのついたイスにすわっているような感《かん》じになって、いっしょうけんめい自分をおさえていないと、天井《てんじょう》に向《む》けて飛《と》んでいってしまいそうになる。薬《くすり》は、朝一回飲《の》めば一日効《き》くはずなのに、そうはいかなかった。ぼくは、イスの両《りょう》はしをしっかりつかみ、時計の秒針《びょうしん》がぐるぐるまわるのをじっと見て、ほかのことは考えないようにする。マクシー先生が大切《たいせつ》なことを言っても、耳の入口ではね返《かえ》ってしまって、ちっとも頭に入らない。耳から耳へぬけていく、なんてもんじゃない。

その第一日目も、授業終了《じゅぎょうしゅうりょう》のベルが鳴ると同時に、ぼくはイスから手を放《はな》し、ドアめがけて飛《と》び出した。でも、マクシー先生が待《ま》ちかまえていて、走っていこうとするぼくのシャツのえりをつかんで、言った。

「ちょっと待《ま》って、ジョーイ。話があるの」

そしてぼくをすわらせて、授業中《じゅぎょうちゅう》の決《き》まりを聞かせた。

「走ったり、飛《と》びはねたり、机やイスをけとばしたりせずに、きちんと席《せき》にすわっていること。手は、机《つくえ》の上にのせておく。うしろをふり返《かえ》らない。前の席《せき》の人にさわらない。もそもそ動《うご》かない。自分の体にいたずら書きをしない。手をあげて、指《さ》されるまでは、ぜったいに話しはじめない」

小さな白い紙に、この決《き》まりが全部《ぜんぶ》書いてあった。先生は、その紙をぼくの机《つくえ》のすみに貼《は》りつけた。

「この決《き》まりは、ぜったいに守《まも》ってちょうだい。クラス全員《ぜんいん》が守《まも》る決《き》まりよ。守《まも》れない人は、このクラスにいられないの。ジョーイも、しっかり守《まも》って勉強《べんきょう》に集中《しゅうちゅう》してくれれば、それでいいんだから」

そう言われても、ぼくはきちんと聞いていられなかった。先生のまっ赤《か》なマニキュアが気になって、そこばかり見てしまう。先生の指先《ゆびさき》が、ぼくの机《つくえ》をトントンとたたくたびに、机《つくえ》に薄《うす》く、赤い三日月形《みかづきがた》のつめのあとがついた。

そしてつぎの日には、先生に言われたことなんて、すっかり忘《わす》れていた。午後の授業《じゅぎょう》がはじまると、薬《くすり》が切れて、ぼくは遊園地《ゆうえんち》で乗《の》るティーカップに乗《の》っているみたいに、イスの上でくるくるまわりだした。マクシー先生が言った。

「ジョーイ、こっちに来てちょうだい」

先生の前に行くと、ぼくはトイレをがまんしているみたいに、足をふみならした。先生は、落《お》ちつかせようとして、かた手をぼくの肩《かた》にのせてささやいた。

「ジョーイ、静かにして。決《き》まり、おぼえてる？」

「決《き》まり!?」

ぼくは、何がなんだかわからなくなっていた。

「昨日、話したでしょ？」

「なんか心配《しんぱい》になると、こうなっちゃう！　なんとかしなくちゃ！　おばあちゃんだったら、ほうきをくれて、家のまわりの歩道を、ぐるっとはいてこいって言うんだけど……」

マクシー先生は、うなずいて言った。

「学校には、おそうじする人がいるからだいじょうぶ。そうね、それじゃ、先生の仕事《しごと》を手伝《てつだ》ってもらおうかな？」

先生は、先の丸くなったえんぴつが入った箱《はこ》をぼくにわたして、全部《ぜんぶ》けずってと言った。社会の時間で、ほかの子たちは、大統領《だいとうりょう》について書かれたプリントをやっていた。ぼくが、プリントをやらずにえんぴつをけずっていると、学級委員《がっきゅういいん》のマリア・ドンブロウスキーが、じろりとこっちを見た。新学期《しんがっき》がはじまって一週間もしないうちに、ぼくが先生に特別《とくべつ》あつかいされたと思って、やきもちをやいているんだ。ぼくは、目をより目にして、けずりつづけた。

えんぴつをけずり器《き》につっこんで、ハンドルをまわす。えんぴつをけずる音って大好《だいす》き。けずり器《き》に鼻《はな》を近づけて、けずりかすのにおいをかぐ。ぼくが、おばあちゃんから逃《に》げるとき、よくかくれていた、大きなトランクの中みたいなにおいがする。ぼくは、そのトランクからものすごいいきおいで飛《と》び出しては、おばあちゃんをおどろかしていた。

えんぴつけずりのハンドルをまわしつづける。おしりについた消しゴムまであと二センチくらい。そこで止めて、えんぴつをひっぱり出して見ると、芯《しん》が針《はり》の先みたいにとがっていた。それを箱《はこ》にもどして、つぎのえんぴつにとりかかった。けずり終《お》えたとき、箱《はこ》に白いチョークが二本あるのを見つけた。これもけずってとがらせ、上《うわ》くちびると歯《は》ぐきのあいだにはさんで、きばにした。

そのあと、そばにおいてある工作用具をのせたワゴンを見たら、まえに紙であやつり人形を作ったときに使《つか》った、アイスキャンディーの棒《ぼう》があった。マクシー先生が見ていなかったので、一本取《と》って、えんぴつけずりにつっこんだ。ハンドルが、うまくまわらない。むりやりまわしているうちに、棒《ぼう》がつまってしまった。ドキドキしながら先生のほうを見ると、運《うん》よく先生は、大統領《だいとうりょう》の顔を掲示板《けいじばん》に貼《は》りつけているところだった。もう一度《いちど》、ぐいっと棒《ぼう》をひっぱったら、しっかりはさまっていて、とちゅうで折《お》れてしまった。

ぼくは、着《き》ていた〈ピッツバーグ・ペンギンズ〉というホッケーチームのトレーナーのすそを、折れた棒《ぼう》にまきつけてひっぱりながら、もうかたほうの手でハンドルをまわした。と、いきなり棒《ぼう》がぬけ、ぼくはいきおいあまって、うしろのだれもすわっていない机《つくえ》にぶつかった。チョークのきばが床《ゆか》に落《お》ちて、小さく割《わ》れた。マクシー先生がこっちを見た。みんなも。

「ジョーイ、どうしたの？」

聞かれると、いらいらする。ぼくは、きばをひろって立ちつくした。

「なんでもない」

びくびくして、小さな声で答えた。先生はうなずくと、ぼくに背《せ》を向《む》けた。でもマリアは、こわい顔でこっちを見ていた。そして机《つくえ》の中からメモ帳《ちょう》を出すと、文字を四つ書いた。見えなかったけど、たぶん「ジョーイ」と書いたんだろう。学級委員《がっきゅういいん》として、みんなをおぎょうぎよくさせるのが、マリアの仕事《しごと》だ。おぎょうぎの悪《わる》い子がいると、マクシー先生は、休み時間を短《みじか》くしてしまう。先生にごますりしてる、と思った。でもすぐに、マリアのことは頭からすっかり消《き》えてしまった。

えんぴつけずりにはダイヤルがついていて、まわすと、穴《あな》の太さがいろいろに変わる。ぼくの指《ゆび》くらいの穴《あな》や、極太《ごくぶと》の色えんぴつ用の穴《あな》もあった。

母さんは、つめは短《みじか》く切っておきなさいと言ってた。そうしないと、寝《ね》ているあいだに自分の体をひっかいてしまうからって。どうせ切るなら、おおかみ男みたいに、つめの先をとがらせたらかっこいいだろうな……。ぼくは、小指《こゆび》を穴《あな》につっこんで、ぐりっとまわした。そのしゅんかん、「うわあっ！」と悲鳴《ひめい》をあげ、ものすごいいきおいで指《ゆび》をひっこぬいた。

マクシー先生は、ふりむきざまに走ってきた。ぼくはさけんだ。

「まちがえちゃった！　まちがえちゃった！　わざとじゃない！」

「見せてごらんなさい」

先生はそう言って、ぼくの手をつかんだ。ぼくは小指《こゆび》を立てて見せた。指先《ゆびさき》が少し切れて、血《ち》が出ている。つめは、エビの殻《から》をむいたみたいに、かたほうのはしだけくっついてぶらさがっている。

「痛《いた》くない！　だいじょうぶ！」

ぼくは、先生の手をふりはらって、ポケットに手をつっこもうとした。だれにも見せないぞ、と思った。

でも先生は、いつのまにか、ぼくの指《ゆび》をティッシュペーパーでくるんで、しっかりとにぎりしめていた。そして、心配《しんぱい》しなくていいと言って、空《あ》いているほうの手でぼくのひじをつかんで、落《お》ちつかせようとした。きっと、ぼくが体をふらふらゆらしながら、けがをしていないほうの手で、自分の足をバシバシたたいていたからだろう。なんだか、体じゅうに虫がびっしりくっついているような気がしたんだ。先生は、落《お》ちついた声で言った。

「自分の体をぶたないこと」

「おおかみ男ごっこをしようと思っただけだよ」と、ぼくは説明《せつめい》した。

マクシー先生に、保健室《ほけんしつ》のホリーフィールド先生のところへ連《つ》れていかれた。ホリーフィールド先生は、心配《しんぱい》ないわ、もっとひどいけがを見たことがあるし、まえにも同じことをした子がいたから、と言った。そして、大きな白い包帯《ほうたい》で、ぼくの指《ゆび》をぐるぐるまきにした。指《ゆび》の先に綿《わた》あめがくっついてるみたいになった。ホリーフィールド先生が言った。

「つめは取《と》れちゃうでしょうけど、また生《は》えてくるからだいじょうぶよ」

ぼくは聞いてみた。

「つめの妖精《ようせい》っているの？　もしいるなら、まくら*の下につめをおいておまじないして、一ドルもらうんだけど」

ホリーフィールド先生は、にこっとぼくに笑《わら》いかけてから、マクシー先生にうなずいて見せた。マクシー先生もうなずき返《かえ》した。まるでふたりだけが、ぼくの知らない何かを知っているみたいだった。ぼくのまわりのおとなたちは、よく、こういう、ないしょっぽいことをする。でも、気にしない。ぼくだって、いろいろなことを考えたりするけど、まわりのおとなには、いちいち言わないから。だからおあいこ。


指をけがした日の放課後《ほうかご》、マクシー先生は教室の出入り口でぼくを待《ま》っていた。

「話したいことがあるから、ちょっとすわって」

ぼくは、先生をじっと見た。話したいことってなんだろう。もしぼくのほうが先に何か言ったら、なんて言われるかわからない。イスにすわってだまっていたら、先生が話しだした。

「ジョーイ、しっかり聞いてちょうだい」ラジオのニュースみたいな、落《お》ちついた声だ。「先生は、ジョーイのこと、助《たす》けてあげたいの。でも、ジョーイもがんばってほしいのよ。今日は自分であんなけがを……」

＊　アメリカやヨーロッパの国々では、ぬけた歯《は》をまくらの下において眠《ねむ》ると、歯《は》の妖精《ようせい》が夜のあいだに取《と》りに来て、代《か》わりにお金をおいていく、とされている。

「わざとじゃない！」

ぼくがさけんで、いきおいよく立ちあがると、先生はぼくの肩《かた》に手をおいて、もう一度《いちど》すわらせた。

「でも、けがしたのはほんとうでしょう？　ほかの子は、あんなふうにはならないもの。だから、心配《しんぱい》なの。あなたは、何をしたら痛《いた》いのか、わかってないんじゃないかと思うのよ。ほかの先生方やクラスのみんなだって、あなたが痛《いた》がっているのを見たくはないでしょうし……」

先生は、ここでちょっと話をやめてから、言いにくそうに続けた。

「それに……ほかの人にけがをさせるようなことになったら……」

「だれにもけがなんかさせないよ」

「わざとはしないでしょうけどね。でも、ぜったいに、そんなことがないようにしたいの」

どうして、先生の言うことを落《お》ちついて聞いていられないんだろう。先生は、ぼくがほかの人にけがをさせないようにと思って、いろいろ話してくれてる。それなのに、先生の言葉《ことば》は、だんだんひとつながりになって、わけのわからない、にぎやかなサーカスの音楽みたいに聞こえはじめた。

「ジョーイ、あなたがいまのクラスで、みんなにめいわくをかけずに勉強するのはむずかしいってこと、わかる？　教室での決《き》まりが守《まも》れないなら、ジョーイのめんどうをもっとよく見てくれる、特別学級《とくべつがっきゅう》に行かなくてはならないの。お母さんには、もう話してあるんだけど……」

「わかった」

わかったって言えば、話がすぐ終《お》わるから、わかったって言った。

「わかったわかった、わかった」

でも、ほんとうはわかっていなかった。特別学級《とくべつがっきゅう》なんてはじめて聞いたし、どんなところかも知らない。先生は続けた。

「ほんとうにわかってちょうだい。先生たちはジョーイに、きちんと勉強して、学校でうまくやっていけるようになってほしいと思っているのよ」


母さんが仕事《しごと》から帰ると、ぼくは、学校であったことを話して指《ゆび》を見せた。母さんは、ため息《いき》をついた。それから、髪《かみ》の毛をたばねてゴムで止めた。

「見せてごらん」

そう言って、母さんはぼくの包帯《ほうたい》を取《と》った。母さんがぼくの指《ゆび》を見ているあいだ、ぼくは母さんの顔を見ていた。それから、母さんはぼくを見て、「痛《いた》くない？」と小さな声で聞いた。大声を出したら、また痛《いた》くなるとでも思ってるみたい。ぼくも、小さな声で答えた。

「うん、だいじょうぶ」

母さんは、ゆっくりとていねいに包帯《ほうたい》をまき直して聞いた。

「いろいろ、たいへんだった？」

「そうでもなかった。保健室《ほけんしつ》の先生も、たいしたことないって言ってたし」

「いい子ね」

母さんは、キスするまねをした。

「さて！　母さんのお薬《くすり》、作ってちょうだい。今日の美容院《びよういん》、もう、めちゃくちゃ忙《いそが》しくってさ」

ぼくは台所《だいどころ》の棚《たな》から、スーパーの値札《ねふだ》がついたアマレット*のビンを出した。ぼくが薬《くすり》を飲《の》むようになってから、母さんはこのお酒《さけ》のことを「母さんの薬《くすり》」と呼《よ》ぶようになった。ぼくが落《お》ちつくために、薬《くすり》を飲《の》まなきゃならないから、かわいそうだと思って、そう言うようになったんだと思う。母さんも、お酒《さけ》を飲《の》むと落《お》ちつくって言うし、なんか、仲間《なかま》っていう気分になる。

ぼくが薬《くすり》を飲《の》むようになったのは、母さんが、夏休みに学校の先生たちに呼《よ》ばれて、そのあとぼくをクリニックに連《つ》れていってからだ。

クリニックでは、どっさりと書類《しょるい》を手にしたお医者《いしゃ》さんに、いろいろ質問《しつもん》された。「テレビを見ながら宿題《しゅくだい》できるかな？」とか、「夕食のあいだ、ナプキンをひざの上においておけるかな？」とか。それからお医者《いしゃ》さんは、ルービックキューブをよこして、ぼくがどのくらいそれで遊《あそ》んでいられるか、時間をはかった。あとは、ほかの子に大声で悪口を言われたらどんな気持《きも》ちがするかって聞かれた。ぼくは、なんでほかの子がぼくの悪口を言うって知ってるのって聞いた。そしたら、勘《かん》だって。だから、ぼくのことを『カゲッキー』って呼《よ》ぶやつが近所《きんじょ》にいるってうちあけた。ぼくがやせっぽちで、すぐカゲキに興奮《こうふん》するからだ。ほかにも悪口を言われることがあるけど、いやだと話した。そのあとお医者《いしゃ》さんは、母さんと長いこと話をして、母さんは山ほどの書類《しょるい》に何か書いた。薬《くすり》をもらうには、いろいろな検査《けんさ》を受けたり、質問に答えたりしないといけないんだって。

クリニックを出ると、薬局《やっきょく》に行った。待《ま》っているあいだ、ぼくは、古いイスのすわるところや背《せ》もたれにつめてあるつめものを、ほじくり出していた。順番《じゅんばん》が来たので、母さんは荷物《にもつ》をまとめ、大きなビンいっぱいにつまった錠剤《じょうざい》を受《う》け取《と》って、お金をはらった。そのあいだに、ぼくは、ほじくり出したつめものを、全部《ぜんぶ》ズボンのおなかにかくした。おなかがふくらんで、ぼてっとしたカカシみたいになった。

その日のために借《か》りていた車で家に帰るとちゅう、ぼくは、ポケットの中に小さな穴《あな》を開《あ》け、そこからおなかのつめものを少しずつつまみ出しては、まどから飛《と》ばした。家に着《つ》くころになっ

＊杏《あんず》の種《たね》を原料《げんりょう》とする、イタリアのお酒。アーモンドに似《に》た香《かお》りがする。

て、ものすごくこわくなった。薬局《やっきょく》の人が、つめものがなくなってぺしゃんこになったイスに気づいたら、どうしよう。ヘンゼルとグレーテルがパンくずをたどって家に帰ったみたいに、落《お》ちているつめものをたどって、ぼくの家まで追っかけてくるかもしれない。あんまりこわかったので、家に着《つ》いて、母さんにその話をした。母さんは、ぼくのほっぺたを両手《りょうて》ではさんで、顔にキスして言った。

「だいじょうぶ、心配《しんぱい》しなくていいから。とにかく薬《くすり》を飲《の》もう」

母さんは、ぼくのかた手に薬《くすり》を持《も》たせ、もうかたほうの手に水の入ったコップを持《も》たせた。ぼくが飲《の》もうとすると、母さんは「ちょっと待《ま》って」と言って、アマレットのビンを出し、マウンテンデューにまぜて言った。*

「これが母さんの薬《くすり》。水薬《みずぐすり》よ」

ふたりでコップとコップをカチンと合わせて乾杯《かんぱい》してから、薬《くすり》を飲《の》んだ。

白くて丸い、小さな薬《くすり》が、のどを通って、ぼくの体の中の悪《わる》いところをやっつけにおりていく。まるでぼくのスーパーヒーローだ。この薬《くすり》は効《き》くって、お医者さんも言っていたから、ぼくはうれしくてしかたがなかった。

薬《くすり》は、ほんとうに効《き》いた。その日は一日じゅう、ヒツジみたいにおだやかな気分だった。夜は早めに寝《ね》て、つぎの日の朝十時まで目が覚《さ》めなかった。起《お》きたときには、母さんはもう、美容院《びよういん》の仕事《しごと》に行ったあとで、薬《くすり》がひと粒《つぶ》と、「母さんが帰るまで、家の中にいること」と書いたメモがおいてあった。だから、ぼくは家にいて、ふつうの子と同じようにすごした。でも、だんだん、めちゃくちゃなぼくにもどりそうな気がしてきた。テレビでクイズ番組とアニメ『シンプソンズ』の再放送《さいほうそう》を見たあと、ぼくは台所《だいどころ》じゅう、ピーナツバターでベタベタにした。

母さんは帰ってくるなり、あわててぼくにもう一錠《じょう》、薬《くすり》を飲《の》ませた。でも、最初《さいしょ》ほど効《き》かなくて、その夜はほとんど眠《ねむ》れなかった。最初《さいしょ》の日は効《き》いたけど、そのあとは効《き》いたり効《き》かなかったりで、どっちになるのか、飲《の》んでみるまでわからない。それで母さんは、薬《くすり》のことを「運《うん》だめし」と呼《よ》ぶようになった。母さんがクリニックに電話したら、お医者《いしゃ》さんは、ぼくの体はふつうよりずっと早くおとなになりかけていて、ぼくの体は半分子どもで半分おとなだから、子どものほうのぼくには効《き》くけど、おとなのほうのぼくには効《き》かないんだ、と言ったたって。

今日、保健室《ほけんしつ》のホリーフィールド先生に指《ゆび》を手当てしてもらったときに、そのことを話したら、そんなへんな話は聞いたことないって言った。きっと安物《やすもの》の薬《くすり》で、効《き》くのと効《き》かないのがまじってるんじゃないかって。

母さんに薬《くすり》を作って、アマレットのビンをしまい、こぼさないように持《も》っていく。母さんは味《あじ》

＊　レモンのような柑橘系《かんきつけい》の味をつけた炭酸《たんさん》の飲《の》みもの。

見《み》をしてから言った。

「もしまた何かやらかしたら、先生たちは、排水溝《はいすいこう》に水を捨《す》てるみたいに、ジョーイのこと見捨《みす》てちゃうかもしれないね。そうなったら、ジョーイなんて、最初《さいしょ》からいなかったみたいに、授《じゅ》業《ぎょう》が進《すす》んでいくんだろうね」

「おばあちゃんって、排水溝《はいすいこう》に流《なが》されちゃったのかな？」

「ううん、だいじょうぶ。母さんもあとで知ったんだけどさ、あのとき、父さんがこの町に来てたんだって。それでね、おばあちゃんは、父さんとピッツバーグで暮《く》らすことにしたって。好《す》き勝手《かって》やっても、だれも何も言わないところで暮《く》らすほうが、おばあちゃんもらくなんじゃない？」

「だいじょうぶかな？」

「心配《しんぱい》ないって。おばあちゃんはパワーあるからね。いまごろは、父さんの頭に常識《じょうしき》をたたきこんでるところかもしれないよ」

母さんはそう言って、にこっと笑《わら》った。

4 飲《の》んじゃった！

四年生になって、しばらくたったある日のこと。

午後の授業《じゅぎょう》がはじまった。マクシー先生はぼくたちに背中《せなか》を向《む》けて、黒板《こくばん》に単語《たんご》をいっぱい書いている。『ガラスの家族《かぞく》』*というお話に出てくる単語《たんご》。この話はとてもおもしろくて、先生が一分以上《いじょう》読んでいても、じっと動《うご》かずに聞いていられた。でも、もう全部《ぜんぶ》聞き終《お》わっちゃったから、ひもで首からぶらさげている家のカギをいじって遊《あそ》びはじめた。丸い顔みたいな形のカギ。真《しん》ちゅうでできているから、さわるとすべすべして気持《きも》ちがいい。これで、ドアのカギがかかったり開《あ》いたりするなんて、いったいどんな仕組《しく》みになっているんだろう。なんだか魔法《まほう》の道具みたい。

おばあちゃんがいなくなったあと、母さんがこのカギをくれた。ぼくのほうが、母さんより二時間くらいまえに家に帰るから。ぼくのことを信用《しんよう》して、カギをくれたんだ。そのかわり、決《き》ま

＊　アメリカの作家キャサリン・パターソンによる、問題児《もんだいじ》と呼《よ》ばれる少女の気持《きも》ちを描《えが》いた物語。

りがある。まっすぐに家に帰ること、帰ったら、好《す》きなことをしてていいけど、ガスコンロは使《つか》わないこと、お風呂《ふろ》に入らないこと、いたずら電話をしないこと、かべにボールをぶつけて遊《あそ》ばないこと（まえに、かべに穴《あな》を空《あ》けてしまったから）。それから、いったん帰ったら外に出ない、知らない人が来てもドアを開《あ》けない。ドアを開《あ》けないっていうのは簡単《かんたん》。まえにお医者《いしゃ》さんに話したとおり、近所《きんじょ》にいじわるな子がいるから。

一度《いちど》、学校の帰りに、二、三人にいじめられたことがあるんだ。フォードっていう子がぼくのことをつかまえて、首にひもをつけ、「犬になれ」って言った。「地面にころがれ」ってどなられて、ぼくはころがった。続《つづ》けて、「死《し》んだふり」って命令《めいれい》された。ぼくはすっかりこわくなって、必死《ひっし》にもがいて、ひもを頭からはずした。そのときひもが鼻《はな》にひっかかって、かたほうの鼻《はな》の穴《あな》から血《ち》が出たけど、かまわないで逃《に》げた。だから、だれが来ても、ドアは開《あ》けない。

そんなことを思い出しながら、授業中《じゅぎょうちゅう》にカギをいじっていて、気づいたら口に入れていた。

そうだ、カギを飲《の》みこんでみよう。

ごくんと飲《の》みこんでから、海底《かいてい》にいる魚を釣《つ》りあげるみたいに、おなか、のど、口と、ゆっくりひっぱり出す練習《れんしゅう》をした。のどのところでカギが横《よこ》になってひっかかると、痛《いた》い。そういうときは、ひもを強く引いて、縦《たて》に直す。たまにウェッてなって、はきそうになった。

お昼のあとだから、うまくいけば、カギやひものまわりに、細《こま》かくなった食《た》べものがいろいろくっついて出てきて、きれいかもしれない。そうしたら、そのくっついてるのをなめて、もう一《いち》度飲《の》みこんでやるんだ。

マクシー先生は、こっちを見ていたらしい。でも、ぼくはぜんぜん気づかず、肝臓《かんぞう》とか腎臓《じんぞう》とか、理科の授業《じゅぎょう》で勉強《べんきょう》した内臓《ないぞう》のどれかをひっぱりあげられないかなあ、なんて考えながら、ひもを動《うご》かしていた。そこへマクシー先生が走ってきて、かた手でひもをぐいっとひっぱって、ぼくの口からカギをひっぱり出してしまった。カギは、のどのとちゅうまで入っていたから、すごく痛《いた》かった。

先生はもうかたほうの手で、先生専用《せんよう》の先のとがったハサミを使《つか》って、カギについたひもをちょきんと切ってしまった。そして、カギをぼくのT《ティー》シャツの胸《むね》のポケットにおしこんで言った。

「ちゃんと勉強《べんきょう》しなさい」

それから、ぼくの机《つくえ》に貼《は》ってある決《き》まりを書いた白い紙を、指《ゆび》でたたいた。

「はい、まっすぐすわって、聞いていること」

「はあい」

ぼくは、おしりの下に手を入れてすわった。そして、先生が行ってしまうと、ジーパンのポケットから小さいころの自分の写真《しゃしん》を出して、机《つくえ》の上においた。写真《しゃしん》の中のぼくは、両手《りょうて》を体の両《りょう》わきにぴしっとくっつけて、じっと立ったまま、まっすぐにこっちをにらんでいる。小さな銅像《どうぞう》みたい。鳥がぼくの頭に止まって休んでいないのが、ふしぎなくらいだ。母さんは、この写《しゃ》真《しん》をくれたとき、こう言った。

「ほら、これが、ジョーイだってじっとしていられるっていう証拠《しょうこ》。だから、もう、どうしてもじっとしていられなくなったら、この写真《しゃしん》を見なさい。そうしたら落《お》ちつくから」

写真《しゃしん》の中の、小さなぼくの目を見つめる。こんなにじっとして、ぼくはこのときどんなことを考えていたんだろう。それがわかればなあ。でも、なんにも思い出せない……。

そのうち、またいろんなことを考えだして、知らないうちにカギを口に放《ほう》りこんでいた。もう、ひもがついていないことを、すっかり忘《わす》れていた。ぼくはべろにカギをのせ、となりの列《れつ》にすわっているセズ・ジャストマンっていう子に見せて、ささやいた。

「ねえ、これ飲《の》みこんだら、何くれる？」

「一ドルやるよ」

きっと、ほんとにくれる。だってセズは、学校で無料《むりょう》の朝食サービスやランチサービスを受《う》ける子じゃないから、食《た》べものを買うお金を持《も》ってきているはずだ。

簡単《かんたん》に一ドル手に入るぞ。ぼくは、口の中いっぱいにツバをためて、ごっくりとカギを飲《の》みこんだ。カギは、とちゅうで少し横《よこ》になってひっかかったけど、うまくおなかに入っていった。ほんとうに飲《の》んじゃった！　ぼくは口を開《あ》けて、セズに見せた。セズはおどろいて口をポカンと開《あ》けたまま、ポケットに手をつっこむと、一ドルくれた。

ぼくは、口に手をやって、ひもをひっぱろうとした。でも、指にさわったのはくちびるだけ。それで思い出した。ひもは、さっき先生が切っちゃったんだ！　ぼくは、イスの上に飛《と》び乗《の》ってさけんだ。

「マクシー先生、ぼく、カギを飲《の》んじゃった！」

みんながいっせいにふりむいて、ぼくを見た。マクシー先生は目をまん丸《まる》くした。もう、ひもをひっぱれないのは、先生がいちばんよく知ってるから。

「何やってるの！」と金切《かなき》り声《ごえ》をあげると、先生はぼくをだきかかえて、となりのディーブス先生の教室に走った。

「わたしのクラス、見てて！」

先生はさけぶと、ぼくをわきにかかえこんだまま、保健室《ほけんしつ》へ急いだ。

マクシー先生は、わけがわからなくなるぐらい、あわてていた。保健室《ほけんしつ》のホリーフィールド先生は落《お》ちついて話を聞くと、白い戸棚《とだな》から、茶色の小ビンとプラスチックのスプーンを出して、ぼくに言った。

「これは吐根剤《とこんざい》っていうの。これを飲《の》むと、すごいいきおいで吐《は》いてしまうの。ほんとうにすごいわよ」

ホリーフィールド先生は、シーモンキー*用のプールみたいな、緑色《みどりいろ》のプラスチック皿《ざら》を、ぼくのあごの下にあてた。それから、その薬《くすり》をスプーン一杯《ぱい》ぼくに飲《の》ませた。ひどい味《あじ》……。先週食べたものまで出てきちゃいそう、と思うまもなく、あっというまに吐《は》いた。先生は、ぼくの吐《は》いたものをプラスチックのフォークでかきまわした。でもカギはなかった。もう一杯《ぱい》飲《の》まされて、ぼくは、去年《きょねん》食べたものまで吐《は》き出すようないきおいで吐《は》いた。それでも、カギは出なかった。

マクシー先生が言った。

「医者《いしゃ》を呼《よ》びましょうか？」

「必要《ひつよう》ないんじゃないかしら。こうなったら、おなかを切《き》り開《ひら》くか、自然《しぜん》に出るまで待《ま》つかしかないもの」

「自然《しぜん》に出るのがいい！」と、ぼくはすかさず言った。

「さてと……わたしは教室にもどらなくちゃ。ジャーザブ校長に、ジョーイがここにいることを連絡《れんらく》して、代《か》わりに見ていてもらうわ」そう言って、マクシー先生は出ていった。

校長先生を待《ま》っているあいだに、ホリーフィールド先生が、ゲームをしようと言いだした。

「ぼく、トランプじょうずだよ。おばあちゃんにポーカーも教《おそ》わった」

「トランプじゃなくて、質問《しつもん》ごっこがしたいんだけど。答えてくれる？」

「うん、いいよ」

でもぼくは、まだポーカーのことを考えていた。急《きゅう》に、おばあちゃんにすごく会いたくなった。

「それじゃあ、さっそく、最初《さいしょ》の質問《しつもん》。ジョーイはよく、いろいろなものをなくす？」

質問《しつもん》されるのは平気。でも、質問《しつもん》を聞いているのはきらい。ずうっと聞いていても、なかなか意味《いみ》がわからない質問《しつもん》もあるから。だれかが、ゾウの絵をしっぽから描《か》きはじめたら、最後《さいご》まで見ていないと何を描《か》いてるのかわからないのと同じで、最後《さいご》までがまんして聞いていないと、意《い》味《み》がわからない質問《しつもん》がある。ぼくは、最初《さいしょ》にしっぽを見せられると、考えがあっちこっち飛《と》んで、しっぽのある動物《どうぶつ》が百万匹《びき》くらい思いうかんでしまうんだ。動物《どうぶつ》が百万匹《びき》も出てきたら、たった一頭のゾウなんて、どうでもよくなっちゃう。

「いろいろなものをなくしたりするの？」

「うん、カギでしょう……」ぼくは、にやりと笑《わら》って見せた。「あとはね、ズボンをなくしたこともあるよ。トイレでぬぎっぱなしにして、そのまま忘《わす》れちゃった」

「動物《どうぶつ》は好《す》き？」

「大好《だいす》き。犬がほしい」

そこへ、校長先生がやってきた。ホリーフィールド先生はろうかに出て、校長先生と何か話し

＊　大きさ五ミリくらいのプランクトンの一種。乾燥《かんそう》した卵を塩水につけると、簡単《かんたん》に卵がかえるため、小さなプラスチック水槽《すいそう》付きの飼育《しいく》セットで販売《はんばい》され、子どもたちの人気を呼《よ》んだ。

た。話が終《お》わると、校長先生がぼくに、いっしょに来なさい、と言った。ろうかを歩きながら、校長先生は言った。

「ジョーイくんは、少し助《たす》けが必要《ひつよう》みたいね。たとえば、算数の苦手《にがて》な人は、特別《とくべつ》に算数を教えてもらったりするでしょう？　読むのが苦手《にがて》なら、読み方をよぶんに習《なら》うわね」

「ぼく、ちゃんと読めるよ」

「そうね」先生はぼくの頭をなでて、続《つづ》けた。「でも、静《しず》かにすわって勉強《べんきょう》するのは、苦手《にがて》なんじゃない？　だから、静《しず》かにすわっていられる方法《ほうほう》を習《なら》わないとね」

校長先生とぼくは、地下へ向かって階段《かいだん》をおりていった。

「校務員《こうむいん》さんのところに行くの？」

「いいえ。この新学期から、いろいろと苦手《にがて》なことがある生徒《せいと》が、特別《とくべつ》に教えてもらうクラスができたの」

「知ってるよ。マクシー先生が言ってた。もし、ぼくがちゃんと落《お》ちついていられなかったら、そのクラスに入れるって」

「そのとおり」

校長先生は、そう答えてドアを開《あ》けると、広い部屋《へや》に入っていった。明るい黄色のかべからは、まだペンキのにおいがした。

「みんな、とってもいい子たちなのよ。何もこわいことはありませんからね。知っているお友だちもいるんじゃないかな」

でも、ぼくはこわくなってしまった。知っている子はほんの少しだけで、あとは、けがをしている子や、ぼーっとしている子や、特別《とくべつ》なハンドルつきの車《くるま》イスをあごで運転している子や、みょうな歩き方や話し方をする、ちょっと変わった子たちだ。みんな、家から特別《とくべつ》な車やバスに乗《の》って学校に来ている。学校に着《つ》いたあと、どこに行っちゃうんだろうって、いつも思ってた。ここにいたんだ。

女の人がたくさん歩きまわって、先生のお手伝《てつだ》いをしている。きっと、この子たちのお母さんだ。外に仕事《しごと》に行かないお母さんが、こんなにいるなんて知らなかった。ぼくの母さんは、いつも仕事《しごと》に行っているのに。ここのお母さんたちは、子どものめんどうを見るのに忙《いそが》しくて、ほかの仕事なんてできないんだろう。だったら、ぼくはこのクラスには入れない。ぼくがここに入ったら、母さんは仕事《しごと》に行けなくなってしまう。

「校長先生、教室にもどっていい？」

「もう少ししたらね。とりあえず、ハワード先生にごあいさつしましょう」

ぼくは、だれのことも見ないですむように、ずっと遠くの、教室のすみのほうに目をやった。だって、人をじろじろ見ちゃ失礼《しつれい》だって、おばあちゃんも言ってたから。それから、もう一度《いちど》まわりを見まわしたら、何人かは、ぼくをじっと見ていた。べつに、それはかまわない。その子たちに手をふったら、手をふり返《かえ》してくれた。じょうずにふれる子もいる。少し安心《あんしん》した。いい子たちかも。ぼくは校長先生に言った。

「ぼく、ちょっと約束《やくそく》をやぶったけど、あとはだいじょうぶだよ」

「そうね。でも、ここで約束《やくそく》を守《まも》ることを、もう少し勉強《べんきょう》しましょうね」

「もう、勉強《べんきょう》したよ。もう、カギは飲《の》まないから。ぜったい」

「そうね、もう飲《の》まないでね」

そのとき、ハワード先生が近づいてきて、ぼくたちに、にこっと笑《わら》いかけた。

「先日お話しした生徒《せいと》を連《つ》れてきました」校長先生は、そう言ってぼくを見た。「ジョーイ、ハワード先生の言うことをよく聞いてね。じっとすわって勉強《べんきょう》できるようになるまで、教えてもらいましょう」

なんだか、まるっきりしつけのなってない犬になった気分。じゅうたんのあちこちにうんちをして、スリッパをかじって、郵便屋《ゆうびんや》さんにかみついて、とうとう、しつけ学校に入れられてしまったバカ犬みたいじゃないか。

ハワード先生は、ぼくの手を取って、教室のすみにあった、金属製《きんぞくせい》の背《せ》の高いイスのところに連《つ》れていった。

「これは、〈静《しず》かイス〉って呼んでるの。このイスにきちんとすわっている練《れん》習《しゅう》からはじめましょう。まずは、どれだけじっとすわっていられるか、やってみましょうか」

ぼくは、大きなイスによじのぼって深《ふか》くこしかけると、先生のほうを見た。先生はにっこりして、小さい子向《む》けの絵本をくれた。こうしていると、ふつうの子みたいに、落《お》ちついて見えるのかもしれない。でも、それは大まちがい。ぼくの体の中はもう、床《ゆか》に落《お》としたペットボトルのコーラみたいに、あわがふたのところまでブクブクもりあがって、爆発《ばくはつ》すんぜんになっていた。

先生は、ころんで起《お》きあがれないでいる子を助《たす》けに行った。その子は、自転車《じてんしゃ》に乗《の》るときにかぶるヘルメットをかぶっていた。ぼくは、絵本のページをものすごいいきおいで、最後《さいご》までめくった。一気《いっき》にめくったから、中身《なかみ》なんてぜんぜんわからない。紙でできてるってことしかわからなかった。それから、指《ゆび》のばんそうこうをベリッとはがした。イスを前後にゆさぶろうとしたけど、動《うご》かないから、左右にやってみた。それでも動《うご》かない。イスのひじをつかんで、あばれ牛に乗っているカウボーイみたいに、体をめちゃくちゃにゆさぶってみたけど、それでも、びくともしない。下を見たら、イスの脚《あし》がボルトで床《ゆか》にしっかりとめてあった。ボルトでとめられて動《うご》けないなんて、サーカスの見世物《みせもの》みたいだ。それで、もっともっと体をゆすった。それから、くつのかかとで、イスの脚《あし》をけった。金属製《きんぞくせい》だから、ガタンガタンと大きな音が出た。それを聞いたハワード先生があわてて走ってきて、両手《りょうて》でぼくのひざをおさえた。ぼくがちょっとおとなしくなると、先生はぼくのくつひもをほどき、スニーカーをぬがせて言った。

「はい、このまま、ちょっと待《ま》っていてくださいね」

そして、ロッカーからふかふかのウサギのスリッパを出してきた。つま先のほうに、大きな前《まえ》歯《ば》と、ふんづけてしまいそうな長い耳がついている。先生は、それをぼくにはかせて言った。

「さあ、これで好きなだけイスをけっていいですよ。この教室に来たら、けるのをやめてじっとすわっていられるようになるまで、かならずこのスリッパにはきかえましょうね」

先生のむこうから、お母さんたちがこっちを見ていた。疲《つか》れた顔。でも、ぼくがうるさいからじゃない。たぶん、悲《かな》しすぎて疲《つか》れてるんだと思う。ぼくがめちゃくちゃやったから、よけい悲《かな》しくなったんだ。ぼくのこと、一生このままだって思いこんでるんだ。

ぼくはすごく頭にきた。それで、かかとがまっ赤《か》になって、痛《いた》くてけれなくなるまで、イスの脚《あし》をめちゃくちゃにけった。すると急《きゅう》に、体じゅうの力がすうっとぬけていった。黄色いかべがまぶしくて、目を閉《と》じたら、そのまま眠《ねむ》ってしまった。

学校が終《お》わる少しまえに、ハワード先生に起《お》こされた。マクシー先生のクラスにもどって、宿《しゅく》題《だい》をもらってきなさいって。ぼくは、でかい前歯《まえば》のついたウサギのスリッパをはいたまま、いつもの教室にもどった。眠《ねむ》い目をこすりながら、スリッパを引きずって教室に入ると、セズがぼくを指《ゆび》さしてクスクス笑《わら》いだした。そうしたら、クラス全員《ぜんいん》が笑《わら》いはじめた。マクシー先生は、手をたたいてみんなを静《しず》かにさせると、ぼくを席《せき》まで連《つ》れていった。

先生は「よく聞いて」って顔をして、机《つくえ》に貼《は》った白い紙を指《ゆび》でトントンとたたくと、ぼくの耳に顔を近づけて言った。

「いいわね、ジョーイ。約束《やくそく》さえ守《まも》れば、ここにいていいんだから」

先生は、はげましてくれている。でも、どう答えたらいいのかわからない。ぼくは、机《つくえ》に顔をくっつけた。ほっぺたがひんやりする。もっと寝《ね》たい。先生が言った。

「さて、今日ジョーイは、授業《じゅぎょう》のじゃまをしてしまいましたね。だから、みんなにあやまりましょう」

ぼくは、顔を机《つくえ》につけたまま、大きすぎるくらいの声で言った。

「カギを飲《の》んだりして悪《わる》かったです！　ごめんなさい！」

でも、悪《わる》いなんてぜんぜん思ってなかった。それどころじゃない。また飛《と》びあがって、走りだしたくなっちゃったんだから。それで、スリッパを机《つくえ》の前の脚《あし》にひっかけて、まどべにおかれた*ハロウィンのカボチャのランプみたいに、動《うご》かないで、ひとつの方向《ほうこう》だけ、じっと見ていた。も

＊　キリスト教で、すべての聖人《せいじん》の霊《れい》をまつる「万聖節《ばんせいせつ》」前夜（十月三十一日）の行事《ぎょうじ》。死者《ししゃ》の魂《たましい》がこの世《よ》にもどってくるといわれ、悪霊《あくりょう》を追《お》いはらうために、おそろしい顔を彫《ほ》ったカボチャを飾《かざ》る習《しゅう》慣《かん》がある。アメリカでは、クリスマスに次《つ》ぐ人気《にんき》行事《ぎょうじ》で、子どものお祭りとして親《した》しまれている。

し、うっかりして、紙に書いてある決《き》まりをやぶってしまったら、マクシー先生はもう、ぼくはだめだと思って、一日じゅう、特別学級《とくべつがっきゅう》に入れるかもしれない。そうなったら、おしまいだ。母さんにも、ほかの人にも、どうすることもできない。これまでぼくが学校でしかられたことを書いた書類《しょるい》なんて、電話帳《でんわちょう》の厚《あつ》さくらいまでたまっているに決《き》まっているんだ。

だからぼくは、机《つくえ》にしがみついた。巨人《きょじん》におさえつけられているつもりになって、ありったけの力でイスにおしりをはりつけた。息《いき》も止めてがまんした。そして授業終了《じゅぎょうしゅうりょう》のベルが鳴ると、まぬけなスリッパをはいたまま、教室を飛《と》び出した。

カギはまだおなかの中だったから、家の玄関先《げんかんさき》のポーチに腰《こし》をおろして待《ま》っていた。しばらくして、母さんが帰ってきた。ぼくは、母さんに薬《くすり》を作ってあげた。今日のことは何も話さなかった。でも、夜になったら、校長先生が電話をしてきて、けっきょく全部《ぜんぶ》ばれちゃった。

5 誕生日《たんじょうび》の願《ねが》いごと

寝《ね》るまえに、母さんはスプーン二杯《はい》の下剤《げざい》をぼくに飲《の》ませた。つぎの日の朝、それがばっちり効《き》いた。買ってもらったばかりの新しいスリッパをはいて、トイレにすわっていたら、チャリーンと音がして、おしりからカギが出た。そうじ用ゴム手袋《てぶくろ》をして、トイレットペーパーを鼻《はな》につめ、口で息《いき》をしながら、便器《べんき》の中をひっかきまわしてカギを取《と》った。汚《よご》れていたけど、洗《あら》ったらきれいになった。

学校に着《つ》くと、ぼくはレスリングの世界《せかい》チャンピオンみたいに、両手《りょうて》を頭の上に高く上げて教室に入り、大声で言った。

「出たぞ！　トイレで出たぞ！」

セズが歓声《かんせい》をあげた。

「すげー！　ちゃんとひろったのかよ？」

セズったら、何言ってるんだ。捨《す》てるわけないだろ。ぼくは、新しいひもで首からぶらさげていたカギを、服の中からひっぱり出して言った。

「ほら、これ。においい、かいでみる？」

「おまえがかげよ」

セズがさけぶと、クラスじゅうがいっしょになってさけびだした。

「かーげ！　かーげ！」

マクシー先生はろうかで、ディーブス先生と社会見学の相談《そうだん》をしていた。ぼくはすごくわくわくしてきて、あっというまにカギを口に放《ほう》りこむと、飲《の》みこんでしまった。みんなに、一ドルくれるか聞くのも忘れてた。

「げえー！」

みんな、ぎゃあぎゃあさわいでたけど、ほんとうはすごく喜んでいた。セズが大きな声で言った。

「気持《きも》ちわりぃー。こいつ、うんこ味《あじ》のカギを飲《の》んだー！」

ぼくの頭の中では、テレビのショーなんかでよくある、ドラムのダラダラダラダラダラダラダラ……という音が鳴っていた。ぼくはそれに合わせて、ゆっくりとカギを引きあげた。のどにひっかかって、最後はなかなか出てこない。ようやくひっぱり出したら、なぜかわかった。朝食べた、残《のこ》りもののスパゲッティが、小さなタコの足みたいにカギの頭からぶらさがっていたんだ。スパゲッティのからまったカギをゆらゆらとゆらして見せたら、みんながものすごい金切《かなき》り声《ごえ》をあげた。それで、マクシー先生が教室に飛《と》びこんできた。

「またジョーイね」

先生は、こっちをにらみながら近づいてきた。そして、ぼくが口から出したカギとスパゲッティを見て言った。

「すぐに保健室《ほけんしつ》に行って、顔と口をきれいにしてもらってきなさい。カギはあとで、先生のところまで持《も》ってくること」

ホリーフィールド先生は、ぼくのやったことを聞いてから、小さな紙コップにうがい薬《ぐすり》を入れてわたしてくれた。母さんの「薬《くすり》」みたいな味《あじ》がする。先生が言った。

「ジョーイみたいな子に、電源《でんげん》を入れたり切ったりできるようなスイッチをつける方法《ほうほう》を考え出したら、きっと大金持《おおがねも》ちになれるわね」

「ぼくのカギ、さわらせてあげようか？」ぼくは、カギを見せて聞いた。

先生は、答えないで聞いてきた。「今日はお薬《くすり》、飲《の》んできたの？」

「それは、あとにしてチョーダイ！」

歌うように節《ふし》をつけて答えると、先生はあきらめ顔で言った。

「まあ、聞かなくても答えはわかるけど。薬《くすり》は飲《の》みたいときだけ飲《の》むんじゃ、だめなのよ」

そう言って、先生はぼくをトイレに連《つ》れていき、手を洗わせた。ぼくは早口で言い返《かえ》した。

「わかってるよ。でも、母さんが忘《わす》れちゃったんだもん」

「保健室《ほけんしつ》で飲《の》むことにしてもいいのよ。毎朝、お薬《くすり》を飲《の》まなくちゃいけない子たちが、たくさん来て飲《の》んでるんだから」

「だめ！　母さんがわたした薬《くすり》しか飲《の》むなって言われてるもん」

「それじゃあ、家でかならず飲《の》んできてください！　しなくちゃいけないことは、自分でちゃんとやること」

「やってるよ。顔だって、ほら、自分で洗《あら》ったよ」

洗《あら》い終《お》わって先生を見ると、あきれたように首を横《よこ》にふっていた。先生は、ぼくにペーパータオルをわたして言った。

「さあ、教室にもどって。いくら頭がよくても、きちんと勉強《べんきょう》しなかったら、ついていけなくなっちゃうんだから」

「ぼくって、頭いい？」

「もちろん、いいわよ。どうやったら先生が怒《おこ》るか、ちゃんとわかってるんだから。さ、早く行きなさい」

教室にもどると、マクシー先生は、先生用のコルクの掲示板《けいじばん》に画鋲《がびょう》を刺《さ》して、ぼくのカギのひもをひっかけた。

「朝、学校に来たら、ここにカギをぶらさげること。帰るときには持《も》っていくのよ。先生がどうしてこんなこと言うのか、わかるわね」

「それは、あとにしてチョーダイ！」

「はいはい、おりこうさん。今日はもう、たくさん。さあ、下の教室に行って、ハワード先生の授業《じゅぎょう》を受《う》けてきなさい。落《お》ちついたら、お昼のあとの算数の授業《じゅぎょう》のとき、もどってきていいから」

「さよなランチ！」

ぼくは、クラスのみんなに言った。そして長いものさしをつかむと、うしろむきに歩いて出ていった。そのあとも、剣《けん》をかざしてひとりでおおぜいの敵《てき》を相手《あいて》にしている騎士《きし》みたいに、ろうかのロッカーをものさしで刺《さ》したり切りつけたりしながら、うしろに歩いていった。

うしろむきのまま、「ハワード城《じょう》」に着《つ》くと、ドアもおしりでおして開《あ》けた。

「ただいま！」

ハワード先生は、みんなの机《つくえ》にカップケーキをくばっているところだった。先生は、にっこり笑《わら》って言った。

「あーら、お帰りなさい。ちょうどいいところに来たわね。いまからハロルドの誕生日《たんじょうび》パーティーですよ」

「やったあ！　パーティー大好《だいす》き！」

ぼくはそう言って、お母さんたちに手をふった。みんなも笑《わら》って、手をふり返《かえ》してくれた。ぼくと知りあったおとなの人たちは、みんな、ぼくのことを好《す》きになるんだ。ほんとうだよ。

「何か手伝《てつだ》おうか？」

ぼくが聞くと、ハワード先生は、積《つ》み重《かさ》ねてある、パーティー用の色とりどりの三角ぼうしを指《ゆび》さした。

「それじゃあ、あのぼうしをみんなにくばってくれるかしら」

ぼくは、自分でぼうしをかぶれる子には自分でやらせて、あまり体を動《うご》かせない子にはかぶせてあげた。お母さんたちも、先生も、ぼくも、全員《ぜんいん》ぼうしをかぶって、調子《ちょうし》っぱずれの『ハッピーバースデー』を歌った。

ハロルドは首にギプスをつけていて、ろうそくをうまく吹《ふ》き消《け》すことができない。ハワード先生が、ろうそくを一本立てたカップケーキを、ハロルドの口のところまで持《も》っていってあげた。ハロルドは小さくうなずくように頭をゆすって、口からぶくぶくと小さなあわを出した。でも火は消《き》えない。

　みんな、ハロルドのまわりに集《あつ》まって、むきになって応援《おうえん》した。まるでろうそくが爆弾《ばくだん》の導火《どうか》線《せん》で、火が消《き》えなかったら、自分たちもこっぱみじんに吹《ふ》き飛《と》ばされてしまうとでもいうようないきおいだ。ハロルドは、ひっしでがんばっている。なのに、うまく息《いき》を吹《ふ》けなくて、出るのはあぶくばかり。ろうそくはどんどん短《みじか》くなって、ケーキの上にろうがたれていく。ろうそくを吹《ふ》き消《け》すまえに、心の中で願《ねが》いごとをすることになっているけど、急がないとまにあわない。ぼくはハロルドの顔をのぞきこんで、いっしょうけんめい、気持《きも》ちをわかろうとした。そうしたら、ハロルドの心の中の声が聞こえた。

『お願《ねが》い、つっ立《た》ってないで、手伝《てつだ》って！』

　ぼくはまわりのおとなたちを見た。みんな、前に乗《の》り出したまま、どうしたらいいのかわからずに、じっとしている。でも、ぼくにはわかっているんだから、ここはぼくがやるしかない。みんなだって、ろうそくの火が消《き》えればいいと思ってるんだ。

　ぼくは一歩ふみ出すと、大きく息《いき》を吸《す》って、ハロルドの願《ねが》いごとがかなうように、と願《ねが》いながら、ふうっと火を吹《ふ》き消《け》した。ハロルドのななめになったぼうしの下から、金貨《きんか》の入ったつぼか何かが出てきたらおもしろいな……。そしたら、ハロルドの願いごとがなんだったか、すぐにわかるのに。

　全員《ぜんいん》が、あっけにとられてぼくを見た。ハロルドを刺《さ》した犯人《はんにん》を見るような顔をしている。助《たす》けてあげただけなのに。ぼくはハロルドに言った。

「これで願《ねが》いがかなうよ」

ハロルドは、けいれんを起《お》こしたロボットみたいに頭をくるくるまわした。ぼくには、喜《よろこ》んでいるってよくわかったから、ハロルドを指《さ》して、みんなに言った。

「ほら、ハロルド、笑《わら》ってるよ。ぼくが手伝《てつだ》ってあげたから」

ぼくが言い終わるより先に、ハワード先生がぼくの手をつかんで、部屋《へや》のすみに連《つ》れていった。

「少しここで、静《しず》かにしていなくてはならないようですね」

そう言って、先生はぼくを〈静《しず》かイス〉にすわらせ、本をよこした。でも、読んでいられなかった。読もうとすると、字がページからぽろぽろこぼれ落《お》ちていくように見えてしまう。割《わ》れた体温計《たいおんけい》から、中の水銀《すいぎん》がころころすべり落《お》ちるみたいだった。ぼくはずっと、カップケーキが食べたいって言いつづけた。でもハワード先生は、「ジョーイはお砂糖《さとう》*をとってはいけませんよ」と言って、かわりにニンジンをくれた。ぼくは口を開《あ》けたまま、わざとぼりぼり音をたててニンジンを食べながら、「いいことしたのに、なんでこうなっちゃうの?」と聞いた。

でも、先生は答えなかった。ちょうどそのとき、校長先生が新しい子を連《つ》れて、教室に入ってきたんだ。その子の学校には特別学級《とくべつがっきゅう》がないから、ここで勉強することになったんだって。

けっきょくぼくは、算数の時間に、マクシー先生のクラスにもどれなかった。学校が終《お》わると、そのまま家に帰った。家に着《つ》いてはじめて、カギを掲示板《けいじばん》にぶらさげたままだったのを思い出した。それで、近所《きんじょ》のいじめっ子に見つからないようにポーチに腹《はら》ばいになって、母さんの帰りを待《ま》つことにした。聞きたいことがあって、ずっと母さんのことばかり考えていた。

母さんが角を曲《ま》がって、うちの前にさしかかった。ぼくは、走っていって、うでにしがみついた。

「ねえ、聞きたいことがある」

「ちょっと待《ま》って」

母さんは、ぼくにカバンをあずけた。

家に入ると、母さんはブリーチ剤《ざい》みたいなツンとしたにおいのする仕事着《しごとぎ》をぬぎ、寝室《しんしつ》のドアのうらのフックにかけて、バスローブに着替《きが》えた。そのあいだ、ぼくはずっと「聞いていい？いい？」と言いつづけていた。

「まずはさ、カギをどうしちゃったのか話してよ。ちょっと、ひと息《いき》つかせて」

ぼくは、母さんのあとについて台所《だいどころ》に行き、母さんが「薬《くすり》」を作ってるあいだに、掲示板《けいじばん》に

＊　砂糖《さとう》の入った食べものをとりすぎると、集中力がなくなっていらいらしたり、気持《きも》ちが不安定《ふあんてい》になるという説《せつ》があるる。

カギを忘《わす》れてきちゃったことを話した。母さんはテーブルにつくと、新聞を広げて顔をかくしてしまった。巨大《きょだい》なちょうちょの羽を読んでいるみたいに見える。

「いい？」

「百数えてからね」

ぼくは、新聞の表《おもて》のページに出ている車の衝突事故《しょうとつじこ》のカラー写真《しゃしん》を見つめながら、長ーい階《かい》段《だん》を一段《だん》ずつおりるように、百から逆《ぎゃく》にゼロまで教えた。

「いい？」

「はい、どうぞ」

「ぼく、赤ちゃんのとき、鉛《なまり》の入ったペンキの粉《こな》を食べた？」

「ううん、食べた粉《こな》なんて、ポテトチップの粉《こな》くらいよ」

そう言って、母さんは新聞のページをめくった。

「ころんで頭を強く打《う》ったことある？」

「ころぶときは、しりもちついてたよ」

「ぼくがおなかにいたとき、母さん、お酒《さけ》をたくさん飲《の》んだ？」

これには、母さんはすぐに答えなかった。ふざけられない雰囲気《ふんいき》になった。新聞を顔の前に上げたままなので、母さんの顔は見えない。

「ふつう以上《いじょう》には飲《の》んでないわよ」

ようやく聞こえた母さんの声は、遠くのほうで何かを棒読《ぼうよ》みしている感《かん》じだった。

「ふつうってどれくらい？　わからないよ、ふつうなんて言ったって。ねえ、どれくらい？」

言いながら、心臓《しんぞう》がどんどんドキドキしてきた。それで目を閉《と》じて、おしりの下に手を入れてすわった。こうすると、体をしばられたみたいで動けなくなるから、気持《きも》ちが少しおさまる。

「夜、食事《しょくじ》のときに、ワインをグラス一杯《ぱい》、食後にアマレットサワー*を一杯《ぱい》」

同じ答えをもう、百万回もしてきたから、うんざり、という感《かん》じだった。そして反撃《はんげき》がはじまった。いっしゅん、母さんは新聞を少し下げた。

「どうしてそんなこと聞くわけ？　どうして？　どうして？」

ぼくは、「どうして」って聞かれると、頭の中の百万個《こ》の小さな歯車《はぐるま》が、全部《ぜんぶ》動《うご》かなくなってしまう。母さんだって知ってるのに。どんなことでも、どうしてなのかなんて答えられないって知ってるのに。「どうして」と聞かれると、自分の言いたいことを頭の中でまとめられなくなってしまう。どうしたら自分の言いたいことにたどりつけるのか、入口が見つけられない。言いたいこととは関係《かんけい》ないことへ続《つづ》く入口ばかり見つかってしまう。

「……今日ね、特別学《とくべつがっ》級《きゅう》に新しい子が来てね」

＊　お酒《さけ》のアマレットと炭酸水《たんさんすい》をまぜた飲《の》みもの。

母さんは、新聞をガサガサと鳴らして、また顔の前に上げた。ぼくの心臓《しんぞう》は、さっきより、もっとドキドキしている。

「そうしたら、お母さんたちのひとりが、あの子はまだお母さんのおなかの中でピーナツくらいの大きさしかなかったときに、お母さんがお酒《さけ》を飲《の》みすぎて、『ああなっちゃった』って言ったのが聞こえてね。その子、がりがりで、頭はソフトボールみたいにちっちゃくて、何もできないんだ。なんにもだよ。ぼくが最悪《さいあく》のときのほうが、その子がいちばんうまくできたときよりずっといいくらい。ずうっとね」

「だったら、あんたは恵《めぐ》まれてるんだから、感謝《かんしゃ》すればいいでしょ」母さんは新聞をバサッとめくった。「自分のことがうまくいかないのを、母さんのせいにしないでよ。おなかの中にいるときに母親がワインを飲《の》んだって、天才になる子どもはいるわよ。子どもは、どっちになる可能性《かのうせい》だってあるんだから」

顔は見えなかったけど、母さんの言いたいことは声でわかった。「これ以上あれこれ言ったら、あんたがいやな思いをすることになるんだから、やめときなさい」って言いたいんだ。

それでぼくはだまって、ミックスナッツのでっかい入《い》れ物《もの》からナッツを食べはじめた。そのとき、母さんが新聞をおろした。新聞の上に出た目がぬれている。泣《な》いてる。お酒《さけ》を飲《の》みすぎたから？　それとも、毎日ぼくと暮らしていると、悲《かな》しくなるの？

母さんは、ズルズルと、しばらく鼻《はな》をすすっていた。それから言った。

「どうして？　どうして母さんのせいにしようとするわけ？　母さんだって、せいいっぱいやってるわよ」

なんて答えればいいのか、わからない。そのうち、ぼくの脳《のう》みそは、「どうして」っていう言《こと》葉《ば》でいっぱいになって、答えられなくてへとへとになって、脳《のう》みそのしわがなくなって、ゆで卵《たまご》みたいにつるつるになって、ぼくはハワード先生のあのでっかいイスにすわったまま、昏睡状《こんすいじょう》態《たい》の子どもみたいに、耳から耳へ、なまぬるいそよ風のように吹《ふ》きぬける「どうして」という言《こと》葉《ば》を聞きながら、一生暮《く》らすことになるのかもしれない。

特別学級《とくべつがっきゅう》にカーウィン・クランプという子がいて、ハワード先生は「かわいいランプちゃん」と呼《よ》んでいる。べつにいじわるで言ってるんじゃない。カーウィンは、ひとりではほとんど何もできない。いつもはすわって、よだれをだらだらたらしてるけど、ときどき飛《と》びはねるようにイスから立って、火災報知器《かさいほうちき》のひもをひっぱる。カーウィンは、はじめて学校に来た週に、ろうかにある報知器《ほうちき》のひもを二回もひっぱった。それで、特別学級《とくべつがっきゅう》の教室には、にせものの報知器《ほうちき》のひもがつけられた。これならひっぱっても、学校じゅうの生徒《せいと》が校舎《こうしゃ》の外に避難《ひなん》する必要《ひつよう》はないし、消防車《しょうぼうしゃ》と救急車《きゅうきゅうしゃ》が、サイレンを鳴らしてやってくることもない。カーウィンは、「ぼく、悪《わる》い、ぼく、悪《わる》い」と言いながら、まるでホッピングにまたがっているように、いつまでもいつまでも、ピョンピョン跳《と》びつづける。

ぼくは、カーウィンとはちがう。ちゃんとしていられる日だってある。朝から晩《ばん》まで、ほかの子たちと同じように終《お》わる日だってあるんだ。朝起《お》きたら、いつもはお湯がぼこぼこ煮《に》えたつみたいに、さわがしい心の中が、水のように静《しず》かで、アメリカじゅうの子どもたちがふつうにやっているみたいに、眠《ねむ》たそうな顔をしたまま、ちゃんとろうかを歩いてお風呂場《ふろば》に行って、熱《あつ》いシャワーをあびて、頭を洗《あら》って乾《かわ》かして、服《ふく》を着《き》て、朝ごはんを食べて、そのあいだに、今日は何をしようか……本を読もうかな、友だちと遊《あそ》ぼうかな、ハワード先生に何かいいこと言ってあげようかな、詩《し》を書こうかなとか考えて、考えたとおりにやっていく。ぼくにとっては、これってすごいことだ。考えて、実行《じっこう》する。たぶんふつうの人たちは、みんなそうしてるんだと思う。

でもぼくは、たいていそうはできない。

たいてい、朝、目がさめると、脳《のう》みそからバネが飛《と》び出しているような感じがする。ぼくは、バネではじき飛《と》ばされたピンボールのボールみたいに、ベッドから飛《と》び出して、そのまま台所《だいどころ》につっこんでいって、食《た》べもののまわりを飛《と》びはねてまわって、何度《なんど》かやってるうちに運《うん》よくキッチンのカウンターからトーストをつかんで、それからこしかけの丸いすわるところを、ボールがピンボールの障害物《しょうがいぶつ》にあたるときみたいにバシバシたたいてまわって、ヒューーッとろうかを走ってお風呂場《ふろば》に行って、歯《は》をみがこうとするけど、みがけるのはくちびるとあごだけで、それから、お風呂場《ふろば》のドアをつきやぶるように飛《と》び出して居間《いま》に行って、母さんがぼくをつかまえてくれるまで、家具《かぐ》にぶつかっては、はね返《かえ》ってる。そのあと、母さんがぼくの顔のはみがき粉《こ》をふいて、薬《くすり》を飲《の》ませてくれる。

それから母さんは、ぼくの頭をかかえこんで、自分のやわらかなおなかにおしあてたまま、二、三分じっとしている。薬《くすり》が効《き》けば、ぼくはすぐに落《お》ちついてくる。気持《きも》ちを静めて、顔を離《はな》して母さんを見あげると、母さんは笑《わら》ってぼくの頭をなでてくれて、もし母さんのきげんがよければ、リコシェイ・ラビット[*1]みたいだったぼくが、あっというまにチャーリー・ブラウン[*2]になってしまうのがおかしくて、ふたりでしばらく大笑《おおわら》いする。そんなときは、ふたりともすごく幸《しあわ》せ。母さんがこんなふうにぼくを助《たす》けてくれると、すごくうれしい。

薬《くすり》がちゃんと効《き》けば、ぼくは学校でもちゃんと席《せき》にすわっていられて、だれにも『カゲッキー』なんて呼《よ》ばれないし、先生は学校が終《お》わるときにぼくの頭をなでて、金と青の星のシールをくれて、ほめてくれる。夜になって母さんが帰ってきたら、一日、すごくいい子にしてたって教えてあげて、母さんは、ニコニコニコニコずうっと笑《わら》って、ぼくはとくいな気持《きも》ちでいっぱいに

＊1　アメリカのコミック『弾丸《だんがん》ウサギ』の主人公で、西部劇《せいぶげき》の保安官《ほあんかん》。いつもかべにはね返《かえ》ってはずんでいる。
＊2　アメリカのコミック『ピーナッツ』の主人公。スヌーピーの飼《か》い主《ぬし》。生《き》まじめでお人よしの少年。

なって、母さんのためにアマレットサワーを作りに走って、母さんはそれでもまだ、ずっとニコニコで、ぼくのことを「あたしの天才ちゃん」とか、「あたしの超秀才息子《ちょうしゅうさいむすこ》」とかって呼《よ》んで、そして、ふたりでいっしょに笑えるから、ぼくは、とってもうれしい。

6　ほう？

四年生と五年生は、いっしょに社会見学に行くことになった。行き先は、アーミッシュ*の農《のう》場《じょう》。オレンジ色の長いバス二台で行ったから、生徒《せいと》は全部《ぜんぶ》で百人くらいいたと思う。

朝飲《の》んだ薬《くすり》が、きちんと効《き》いていて、この日のはじまりはすごくいい感《かん》じだった。まど側《がわ》の席《せき》にすわって、車や家や草地が、スーッとうしろにすぎていくのを見るのは、ほんとうに楽しかった。マクシー先生が、ほかの子に気をとられていたから、ぼくは座席《ざせき》の上にひざで立って、バスのいちばん上のまどから頭を出した。びゅんびゅんあたる強い風のせいで、ぼくの頭の中は静まり返《かえ》った。

そこまでだった。そうやって、犬みたいにまどから頭をつき出したところで、その日のぼくの「いい感《かん》じ」は終わりだった。

バスからおりると、マクシー先生、ディーブス先生と、ほかにふたりの先生、それにつきそい

＊　キリスト教の一派《いっぱ》で、宗教上《しゅうきょうじょう》の理由《りゆう》から、電気も車もない、むかしながらの暮《く》らしをしている。

のお母さんたちが、ぼくたちをならばせた。マクシー先生は、注意《ちゅうい》することを話した。

「これから、みなさんのふだんの生活とはちがう、アーミッシュの暮《く》らしぶりを見せてもらいます。指《ゆび》をさしたり、クスクス笑《わら》ったり、失礼《しつれい》なことを言ったりしてはいけません。守《まも》れない人は、バスに残《のこ》ってもらいます。わかりましたか」

わかったか、わからなかったのか、ぼくはやってみなくちゃわからなかった。先生の話が終《お》わると、ぼくたちは一列《いちれつ》になって、ぞろぞろと農場《のうじょう》の家の玄関《げんかん》に向《む》かった。まるで、服を着たアリの行列《ぎょうれつ》だ。

玄関《げんかん》に着《つ》くと、ディーブス先生がさけんだ。「はい、止まって！」この先生が止まれって言ったら、ほんとうに止まらないとまずい。ディーブス先生は、でっかい頭をした女の先生で、髪《かみ》の毛をうんと短《みじか》くかりこんでいる。体も大きいから、たぶん、つかまったら逃げられない。ディーブス先生の頭が右や左に動《うご》くと、巨大《きょだい》な岩が山をころがり落《お》ちるみたいに、頭が肩《かた》をころがって落《お》ちてくるんじゃないかって思う。

青の長いワンピースに、ぱりっとした白いエプロンをつけた、清潔《せいけつ》そうなアーミッシュの女の子がふたり、農家《のうか》の玄関《げんかん》に出てきて言った。

「みなさん、こんにちは。わたしたちアーミッシュは、一七〇〇年代《ねんだい》から、このペンシルベニア州ランカスター郡《ぐん》に住《す》み、むかしからの伝統《でんとう》どおりの生活を続《つづ》けています。どうぞ、中に入って、自然を大切《たいせつ》にしている、わたしたちの生活を見てください。工芸品《こうげいひん》やお料理《りょうり》もあります」

おばあちゃんとふたりで暮《く》らしていたころに、学校の社会見学で、みんながうちを見に来たらおもしろかっただろうなあ。おばあちゃんとふたりで、玄関《げんかん》に出て言うんだ。

「みなさん、こんにちは。竜巻《たつまき》にやられたあとのような、わたしたちの家を見てください。わたしたちといっしょに家の中を走りまわって、めちゃくちゃにしましょう！」

アーミッシュの女の子たちは、ぼくたちを順番《じゅんばん》に中へと案内《あんない》した。玄関《げんかん》のポーチには、ずらりとゆりイスがならんでいたので、中へ入るのを待《ま》ってるあいだ、ぼくは、かたっぱしからゆらしていった。まるで、ゆうれいたちがゆりイスにすわっているみたいに見えた。そしたら、お母さんのひとりがぼくをにらんで、列《れつ》のいちばんうしろを指《ゆび》さした。つまり、ぼくの順番《じゅんばん》はすぎたから、いちばん最後《さいご》につきなさいってこと。

ようやく、正面玄関《しょうめんげんかん》を通って中に入った。かた側《がわ》の大きな部屋《へや》では、おばあさんたちが丸く集《あつ》まって、ヒマワリのもようのある、大きなキルトを縫《ぬ》っていた。どのおばあさんも白いハンカチを折《お》って作ったようなぼうしをかぶっていて、雨のあとににょきにょき生《は》えてきたキノコみたいだった。となりの部屋《へや》には、もっとたくさん女の人がいて、敷物《しきもの》を縫《ぬ》ったり、レース編《あ》みをしたりしている。つきそいのお母さんたちは、まるで打《う》ち上《あ》げ花火《はなび》を見物《けんぶつ》しているみたいに、「わあ」とか「まあ」とか言っていたけど、ぼくの耳には、そんな言葉《ことば》は入らなくなっていた。ろうかの奥から、あまくていいにおいがしてきたときから、もう、ほかのことには、まるっきり注意《ちゅうい》が行かなくなっていた。ほかにもいくつか部屋《へや》を見てまわったけど、部屋《へや》の人たちが、たとえ手品《てじな》をやっていたとしても、長いひげをそり落《お》としていたとしても、なんだかもう、どうでもよかった。あまいにおいのことばかり気になって、においに引きよせられるゾンビみたいに、よろよろと歩いていった。

クラスのみんなは、アーミッシュの暮《く》らしについて、ものすごく礼儀《れいぎ》正しく、びっくりするぐらいつまらない質問《しつもん》をした。アーミッシュの女の子たちは、質問《しつもん》に答えたあと、家のいちばん奥にある大きな台所へ、ぼくらを案内《あんない》した。

台所には、あのあまいにおいがむんむんしていて、鼻《はな》がどんどんどんどんのびていくような気がした。ピノキオみたいになっていないかと思って、両手《りょうて》でおさえてたしかめた。鼻《はな》はだいじょうぶだったけど、においが強すぎて、もう、鼻《はな》では息《いき》が吸《す》えなくなり、金魚みたいに口をぱくぱくさせて息をした。アーミッシュの女の子が言った。

「ここが台所です。ここで作られるものは、アーミッシュの伝統《でんとう》を守って、全部天然《ぜんぶてんねん》の材料《ざいりょう》を使《つか》っています。バターやチーズも自分たちで作ります。パン、ビスケット、ジャム、ゼリーなども作りますが、とくに有名《ゆうめい》なのは、*1糖蜜《とうみつ》で作ったシューフライパイ*2です」

聞きまちがいかと思って、セズに聞いてみた。

「くつ（シュー）とハエ（フライ）と糖蜜《とうみつ》で作ったパイ？」

「きっとすごくうまいぜ。ハエを多めに入れてくれって頼《たの》めよ」

「うん」

ぼくの頭の中は、パイのことでいっぱいになってしまい、女の子の説明《せつめい》しているアーミッシュ料理《りょうり》の秘密《ひみつ》なんて、聞いていられなかった。くつとハエで作るパイって、いったいどんなものなんだろう？ ああ、もう、どんなのでもいい。汗《あせ》で汚《よご》れたくつ下で作ったパイでも、ぐにゅぐにゅ動《うご》いているミミズで作ったパイでも、こんなにあまくていいにおいなら、ぼくはぜったい食べる。

立っているだけでも、あまいにおいでくらくらしてきた。目をつぶって、大きく深呼吸《しんこきゅう》したら、セズにぶつかってしまい、すぐに目を開《あ》けた。セズは、ぼくをうしろにおしやって、「あっち行けよ」と言った。そのとき、ディーブス先生の話が耳に飛《と》びこんできた。

「さあ、みんな、順番《じゅんばん》にならんで、シューフライパイを試食《ししょく》させていただきましょう。そのあと、庭《にわ》と納屋《なや》の見学をします」

＊1 サトウキビなどから砂糖《さとう》を作るとちゅうでできる、黒っぽいどろりとした蜜《みつ》。

＊2 「シューフライ」とは、ハエをシッシッと追《お》いはらうという意味。とてもあまくてハエがたくさんたかることから、この名がついたとされる。

ならんでいるあいだも、くつとハエのことしか考えられなかった。列《れつ》のうしろのほうから見ていても、パイをはき出している子はいない。きっとおいしいんだ。ぼくは床《ゆか》にひざをついて、アーミッシュの女の子たちがどんなくつをはいているのか見ようとした。もしかしたら、ぼくの見たこともないようなくつをはいているかもしれない。リコリスとか、*氷砂糖《こおりざとう》でできているくつだったりして。でも、ワンピースの丈《たけ》が長くて、くつは見えなかった。そのとき、お母さんのひとりがこわい顔でこっちをにらむと、ぼくのシャツのえりをつかんでひっぱって立たせた。ぼくが、スカートの中をのぞこうとしていると思ったらしい。

「おぎょうぎよくなさい」

怒《おこ》られたので、ぼくは言い返《かえ》した。

「調《しら》べてたんだよ」

ようやく自分の番が近づいてきたと思ったら、マクシー先生がぼくを呼《よ》んで、小さな声で言った。

「あのパイ、ジョーイは食べちゃだめよ、糖分《とうぶん》が多すぎるから。フルーツにしましょうね」

さっきから、ずっと楽しみにしてたのに！　ぼくは、心の底からがっかりして、顔がくしゃくしゃになってしまった。先生も、ぼくの気持《きも》ちがわかったみたいで、すぐに白いナプキンにくるんだ小さなリンゴをひと切れくれた。もう、はしっこは色が変《か》わって、茶色くなっている。

「シナモンつきよ。すごくおいしいから」

「いらない。シューフライパイがほしい」

「先生の言うこと、聞きなさい。あなたには、これがいいんだから」

先生は、びしっと言うと、だまってしまった。ほかの子たちがまわりに集《あつ》まってきて、こっちを見ているのに気づいたらしい。先生は、その子たちに声をかけた。

「さあ、どんどん進《すす》みなさい。パイを食べ終わった人は、カボチャ畑《ばたけ》に行って、ナイフでカボチャを……」

そこで先生は、話をやめた。ぼくの前で何か言ってはいけないことを言ったと、気づいたみたいだった。ここから先は、小さな子には聞かせられない、という感《かん》じ。ぼくは、リンゴをズボンのおしりのポケットに入れて、どうして先生は、カボチャの話を最後《さいご》までしなかったんだろうと考えていた。

まもなく、そのわけがわかった。台所のあと、みんなでカボチャ畑《ばたけ》に行って、つるを切り、小さなカボチャを取《と》って、ナイフで顔を彫《ほ》ることになっていたんだ。アーミッシュの女の子が、ぼくにもナイフをくれたのに、マクシー先生が横から口を出した。

「ジョーイは、ナイフを使《つか》っちゃだめ。あぶないから」

＊　ここでは、リコリスという薬草《やくそう》の汁《しる》が入った、グミに似《に》たお菓子《かし》のこと。

ぼくはナイフを見た。刃《は》の先は丸くて、長さも三センチくらいしかない。あぶないほど切れるようには見えない。

「あぶなくないよ。母さんは、ぼくがパンを切っても何も言わないよ」

「けがしたらこまるから」

「ぼくも、カボチャを彫《ほ》りたい！」

先生は、黒いマジックをさし出して言った。

「じゃあ、いまはこれで顔を描《か》くだけにして、あとで彫《ほ》りましょう。ちゃんとやらせてあげるから」

ぼくは、ナイフをうしろにかくして言った。

「みんなといっしょに、いまやる」

「あとでね。お母さんたちも、ほかのお友だちのお世話《せわ》で忙《いそが》しくて、ジョーイを見ていてあげられないから」

「いまやる！」

ぼくはさけんで、両手《りょうて》をうしろにまわして、ナイフをぎゅうっとにぎりしめた。体にぐんぐん力がわいてきて、世界《せかい》じゅうのだれも、ぼくを止められないような気がしてきた。

「ナイフをよこしなさい！」

先生が手をさし出した。

「いやだ！」

ぼくはあとずさりして、広いカボチャ畑《ばたけ》のうんとむこうめがけて、思いっきりナイフを投《な》げた。

先生は、うんざり、という顔をした。

「はい、そこまで。バスにもどって十分間《じっぷんかん》、静《しず》かにすわっていなさい。落《お》ちついたら、ここにもどる。そうしたら、カボチャに顔を描《か》かせてあげるから」

「みんなは、カボチャに顔を彫《ほ》ってるじゃないか」

ぼくは、ほかの子たちを指《さ》して言った。みんな、切れない小さなナイフを使って、カボチャに、大きくておそろしげな形の目と歯《は》をくりぬいていた。

「ここで事故《じこ》が起きたらこまるのよ」

先生は、農家《のうか》の前に駐車《ちゅうしゃ》しているバスのほうを指《ゆび》さした。

「言うことを聞いて、すぐにバスにもどりなさい。ちゃんと見てますよ。納屋《なや》を見学するときには、呼《よ》びに行ってあげるから」

ぼくは先生に背《せ》を向《む》けると、農家のかべにそって、どかどかと足をふみならして歩きだした。いっしゅん、このまま自分の家まで歩いて帰って、家のナイフでカボチャを彫《ほ》ろうかと思った。でも、マクシー先生がうしろから見はっているのを感《かん》じたので、やめておいた。

まどの近くを通ったら、また、あのあまいパイのにおいがした。うしろをふり返《かえ》ると、先生は、ひとりの子にそでをひっぱられて、何か話を聞いている。それで、家に歩いて帰るのも、バスにもどるのもやめて、農家《のうか》の玄関《げんかん》へこっそり近づいた。アーミッシュの女の子たちは庭《にわ》にいるし、だれも見ていない。

ぼくは台所へ行き、残っていたシューフライパイを、まるごとテーブルから取って、走りだした。知らないうちに取っていた。そして秒速《びょうそく》一・五キロの速《はや》さで、勝手口《かってぐち》のドアを開《あ》けて飛《と》び出すと、納屋《なや》を通《とお》りすぎ、トウモロコシ畑《ばたけ》に向《む》かった。そのままトウモロコシ畑《ばたけ》に入って、背高《せいたか》のっぽのトウモロコシのあいだを、ちぢこまって走っていくと、やがてぐるりとトウモロコシにかこまれて、ほかには何も見えなくなった。ぼくは、その場にすわりこむと、キツネ色のパイ皮《がわ》にナイフをつき立てるような感《かん》じで指《ゆび》をつっこみ、みんながカボチャに彫《ほ》っているような目と口を彫《ほ》った。顔ができると、指《ゆび》を口につっこんだ。

あまーい！　ダンキンドーナツにおいてある、コーヒー用のお砂糖《さとう》を食べたときよりもあまい。ホットケーキ用のシロップを、ビンからじかに飲《の》んだときより、あまいかもしれない。母さんが、キッチンのカウンターに一秒《びょう》でもシロップを出しっぱなしにしたら、ぼくは、すぐに飲《の》んでしまう。パイの中身《なかみ》は、シロップみたいに、ダラダラとたれそうなくらい、やわらかい。学校の食《しょく》堂《どう》で出るチェリーパイみたいに、かたくはなっていなかった。それで最初《さいしょ》に、上にのったパイ皮《がわ》だけ、はがして食べた。もぐもぐしながら、中身《なかみ》のほうに指《ゆび》をつっこんで、くつやハエが入っていないか、かきまわしてみたけど、中身《なかみ》は糖蜜《とうみつ》だけだった。なんだかだまされた気がする。

皮《かわ》を食べ終えると、二本の指《ゆび》で中身《なかみ》をすくって食べた。食べれば食べるほど、もっと食べることしか考えられなくなっていく。本物《ほんもの》のハエがぼくの指《ゆび》やくちびるに止まり、トウモロコシ畑《ばたけ》を風が吹《ふ》きぬけ、カボチャを彫《ほ》っているみんなの声が頭の上を通《とお》りすぎていっても、もう、なんにも気にならない。パイ皮《がわ》を食べ、あたたかくてあまいトロトロの中身《なかみ》を、べったりとべろにのせる。トロトロは、あまいヘビになって、つるつるとおなかの中をすべりおりていく。ほとんどたいらげると、アルミホイルのパイ皿《ざら》を半分に曲《ま》げ、上を向いて、最後のトロトロをのどに直接《ちょくせつ》流《なが》しこんだ。それから、犬みたいにお皿《さら》をぺろぺろなめた。そのころには、何がなんだかわからないまま、いつのまにか立ちあがって、足ぶみをはじめていた。地球上《ちきゅうじょう》のすみからすみまで、ぐるぐる走りまわれそうな気分だ。

頭の中では、へんな音がしていた。夜、テレビの放送《ほうそう》が終《お》わったあとの、ザーッという雑音《ざつおん》のような音。それもすごく大きな音だ。言葉《ことば》は聞こえない。ぬれた道をすごいスピードで走る、自《じ》動車《どうしゃ》のタイヤの音みたい。ザーッとこっちに近づいてくる……。

ドクンドクンと脈打《みゃくう》つようないきおいで頭に血がのぼり、目がはれあがっているような感《かん》じがする。自分のほっぺたのふくらんだところと、鼻《はな》の頭だけしか見えない。それより遠くの景色《けしき》は、ぼうっとかすんでいる。深《ふか》く息《いき》を吸《す》ったら、肺《はい》が空気でいっぱいになり、気持《きも》ちをおさえられなくなって、ぼくは突然《とつぜん》走りだした。

両《りょう》うでを飛行機《ひこうき》の翼《つばさ》みたいに広げ、トウモロコシの茎《くき》をなぎ倒《たお》して走ると、大きな包丁《ほうちょう》のような形をしたトウモロコシの葉《は》っぱがあたる。でも、ちくりとも痛《いた》みを感《かん》じない。足が地面《じめん》をけっているのも感《かん》じない。つんのめってころんで、トウモロコシの茎《くき》が折れ、おなかがどろだらけになっても、痛《いた》くもなんともない。いきおいよく飛《と》び起《お》きて、また走る。早く走りすぎて、息《いき》も大きく吸《す》いすぎて、ぼくはいまにもトウモロコシ畑《ばたけ》から離陸《りりく》し、雲を越《こ》えて、青空へと飛《と》んでいってしまいそうだった。そして、農場《のうじょう》とバスと学校のみんなとマクシー先生を、見おろせるような気がした。

そのままスピードを落《お》とさずに、トウモロコシ畑《ばたけ》を走り出て、大きな納屋《なや》に向《む》かった。納屋《なや》の戸口が開《あ》いていたので、中に走りこみ、目に飛《と》びこんできたはしごにのぼって、上のほうの太い梁《はり》の上に乗《の》った。そこから、ひとつ下の梁《はり》になにわたされた板をすべりおりると、またべつの梁《はり》によじのぼる。ぼくは、ココナツの木の上にいるサルみたいな身軽《みがる》さで、縦横《たてよこ》ななめにはりめぐらされた板の上を、あっちこっちと動きまわった。ネジをキリキリといっぱいまでまかれた、おもちゃのようないきおいだった。そのいきおいのまま、迷路《めいろ》に入れられたネズミみたいに、言《こと》葉《ば》も、気持《きも》ちも、自分がどうなっているのかも、どうしたらいいのかも、何もわからないまま、高く高く高く、どんどんどんどん、のぼっていくことしかできない。ますます速く、ますます高く――とうとうそれより上には屋根《やね》とフクロウしかないてっぺんまでのぼりつめ、まっ白い、大きなフクロウのすぐ前でようやく止まった。まん丸の黒い目玉に、下むきに曲がったくちばしのフクロウが言った。

「ほう？　ほう？」

ぼくは、「なんだよ」と答えた。

「ほう？」

フクロウはもう一度《いちど》そう言って、大きな目で、まっすぐにぼくの顔を見つめた。なぜかわからないけど、「なんでパイを食べたんだ？」「なんで納屋《なや》の天井《てんじょう》までのぼってきたんだ？」と、せめられているような気がした。

つぎに気がついたときには、ネジが切れて、ぼくの歯車《はぐるま》は全部《ぜんぶ》止まってしまっていた。ぼくは梁《はり》の上にしゃがんだまま、本立てみたいに、ぴたりと動《うご》かなくなった。ひざの上にあごをのせ、下を見ると、地面《じめん》は、はるか下にあって、豆粒《まめつぶ》みたいに小さな四年生と五年生が百人、ぼくを指《ゆび》さしていた。その中のひとりが、ぼくの名前を呼《よ》んでいる。マクシー先生だ。両手《りょうて》を頭の上でふりながら、大声でさけんでいる。大事件《だいじけん》にまきこまれて、助《たす》けを求《もと》めているみたいだ。

「ジョーイ！　動《うご》かないで。いま行くから！」

すぐに、白いあごひげを長くのばし、大きな黒いぼうしをかぶったアーミッシュ版《ばん》サンタという感《かん》じのおじいさんが、見たこともないような、ものすごく長いはしごを、荷馬車《にばしゃ》に立てかけてのぼってきた。

「ようし、ぼうず、だいじょうぶだからな。じっとしているんだぞ。あのフクロウはかみつきゃせん」

「ぼくも、かみつかないよ」

ぼくは、頭の中からどうにか言葉《ことば》をひねり出して答えると、立ちあがった。大きな梁《はり》の上を歩きだすと、みんながいっせいに、「すわれ!」とさけぶ。でも、すわりたくない。すわるのだけはぜったいにいやだと思った。納屋《なや》を横切《よこぎ》る梁《はり》の上を歩いていき、たばねた干草《ほしくさ》が積んである上に来た。こういう場面は、テレビや映画《えいが》で何万回も見た。子どもたちが飛《と》びおりて、干草《ほしくさ》の上で何度《なんど》かはずんだあと、走って出ていくんだ。スタントマンごっこや、落《お》ち葉《ば》の山に倒《たお》れて遊《あそ》ぶのと同じだ。ぼくは、「行くぞ!」とさけんで飛《と》びおりた。

いちばんおもしろかったのは、空中にいたしゅんかん。フラダンスを踊《おど》るみたいに体をくねくねさせて、頭から激突《げきとつ》しないようにバランスをとっていたとき。でも、足が干草《ほしくさ》にあたったら、映画《えいが》で見たようなやわらかい感《かん》じはしなくて、ものすごくかたかった。やわらかいものの上に着《ちゃく》地《ち》したっていうより、かたいものがぼくにぶつかってきたって感《かん》じ。葉《は》っぱの山に飛《と》びこんだときとはちがって、体は沈《しず》まなかった。まるで、でっかい針山《はりやま》の上に落《お》ちてしまったみたいだった。その上ではずむたびに、針《はり》が百本つき刺《さ》さってくる感《かん》じ。でも、いちばん痛《いた》かったのは、立ちあがろうとしたときだ。足首がすごく痛《いた》くて立ちあがれないから、走って逃《に》げられなかった。はいはいするしかない。そのとき、もうひとりのおじいさんがぼくを上からおさえつけ、かけよってきたおとなたちに向《む》かってさけんだ。

「つかまえたぞ！」

マクシー先生が、そばに来て言った。

「ジョーイ、どうしちゃったの？」

でも、ぼくの顔やシャツが、糖蜜《とうみつ》だらけなのを見て、どうしたのかはすぐにわかったようだった。最初《さいしょ》は、ものすごくこわい顔をしてたけど、おじいさんが立たせようとしたとき、ぼくは足首が痛《いた》くてもう一度倒《たお》れこんでしまったので、心配《しんぱい》そうな顔になった。

「足首を見せてごらんなさい」

先生はふるえる手で、ぼくのくつひもをほどいた。それだけでも痛《いた》い。足首は少しはれて、黄色くなっている。

「あーあ、ジョーイ」先生はため息《いき》をついて、骨《ほね》が折《お》れていないかたしかめた。「どうしましょう」

「けがをしようと思ったんじゃないよ。干草《ほしくさ》に飛《と》びこんでみたかっただけだよ」

「わかってる。ジョーイはいつも、やろうと思ってたのと、ちがうことになっちゃうのよね」

顔を上げると、マリアが何かメモしていた。マクシー先生に、列《れつ》にきちんとならばなかった人を全部《ぜんぶ》メモしてって言われていたから、ぼくの名前を書いているにちがいない。ほかの人たちは、先生も、お母さんたちも、アーミッシュの人たちも、生徒もみんな、動物園《どうぶつえん》のオリの中のめずらしい動物《どうぶつ》でも見るみたいに、こっちを見ている。ぼくは先生の手をはらいのけて、よろよろとかた足で立ちあがった。

「だいじょうぶだよ。でも、もう、こっちのくつは、はけなくなっちゃったから、あの人たちがパイにしてもいいよ」

ぼくは、アーミッシュの女の子たちを指《ゆび》さして言った。女の子たちは、口に手をあててクスクス笑《わら》いだした。続《つづ》いて、みんなが爆笑《ばくしょう》した。でも、マクシー先生だけは笑《わら》わなかった。じょうだんが通じなかったみたい。

7
特別《とくべつ》な子

つぎの日の午前中は、マクシー先生は会議《かいぎ》があったから、かわりにアダムス先生という女の先生が教室にやって来た。この先生は、ぼくのことは何も知らない。だから、気がらく。昨日の社会見学の帰り、マクシー先生は、近いうちに、ぼくと母さんと、ハワード先生、校長先生、それにホリーフィールド先生にも集《あつ》まってもらって、これから先どうするか、話しあうって言ってた。どうするかっていうのは、ぼくの足首のことじゃない。そのくらいは、ぼくだってわかってる。

でも、マクシー先生が来ないなら、いまのところ何も心配《しんぱい》しなくていい。それに今日はまた、新しいことが起《お》きていた。アダムス先生が出席《しゅっせき》をとったすぐあと、校内放送《こうないほうそう》が入って、「特別優秀生《とくべつゆうしゅうせい》」に選ばれた生徒《せいと》は、お話があるから講堂《こうどう》に集《あつ》まるように、と言っているのが聞こえた。マリアのほかに、何人かの生徒《せいと》が立ちあがった。ぼくも立ちあがって、あとについて教室を出た。マリアは先頭にいて、ぼくはいちばんうしろだったから、見られずにすんだ。マリアがぼくを見たら、先生に言いつけただろう。

校長先生に見つかれば、昨日のこともあるし、怒《おこ》られて、ハワード先生のクラスに行きなさいと言われるかもしれない。だから、みんなが使《つか》う入口はやめて、舞台《ぶたい》のうら側《がわ》にある入口にまわった。まえにも、ここから入ったことがある。舞台《ぶたい》のそでのところにたばねられている、ビロードの幕《まく》の中にかくれるのが大好《だいす》きだから。やわらかな青いビロードの幕《まく》に、さなぎの中のいも虫みたいにくるまって立っていると、じっとしていられるんだ。

ぼくはこっそり舞台《ぶたい》のわきに行って、幕《まく》のひだにするりと入った。ほこりっぽいビロードに、鼻《はな》がむずむずした。

まもなく校長先生が、コールさんという女の人を紹介《しょうかい》するのが聞こえた。「個性《こせい》の大切《たいせつ》さ」について本を書いた人らしい。これは校長先生の口ぐせのひとつだ。続《つづ》けて校長先生は、コールさんに、「ここに集《あつ》まったのは、たいへんすばらしい子どもたちです」と紹介《しょうかい》した。「選《えら》ばれた生《せい》徒《と》たち」だって言った。

コールさんはすごく興奮《こうふん》して、[*1]テレビに出てくる牧師《ぼくし》みたいに声をはりあげ、熱心《ねっしん》に話しだした。

「……みなさんのように特別《とくべつ》な人たちは、みなさんほど恵《めぐ》まれてはいない人たちに、手をさしのべてあげなくてはなりません。これは、すばらしい個性《こせい》を持《も》つ人々に課《か》せられた、大切《たいせつ》な義務《ぎむ》なのです！」

なんだか、自分に話しかけられているような気がした。もちろんぼくは、いままで一度《いちど》も「特《とく》別《べつ》な人」になったことはない。でも、ぼくだって、特別《とくべつ》といえば特別《とくべつ》だと思う。母さんは、ぼくのことを、特別大切《とくべつたいせつ》だって言うし、ホリーフィールド先生も、ぼくは特別《とくべつ》だって言うし、それにぼくは、特別学級《とくべつがっきゅう》にも行っている。だからぼくは、コールさんの言うことをしっかり聞いた。

いいお話だった。特別《とくべつ》な子どもは、力と才能《さいのう》を、全世界《ぜんせかい》の幸福《こうふく》のために使《つか》いなさいって。コールさんは、いままでだれにも話したことのない秘密《ひみつ》をうちあけるような言い方で、こう言った。

「いいですか、ちょっと考えてみてください。ここにいるみなさんは、世《よ》の中を、いまよりもっとすばらしいところに変《か》えていく力を持《も》っているのです。コンピュータのような、まったく新しい機械《きかい》を発明《はつめい》する人がいるかもしれません。エイズの特効薬《とっこうやく》を見つけて、何百万人もの人々の命《いのち》を救《すく》う人もいるかもしれません。マザー・テレサ[*2]のように、世《よ》の中から見捨《みす》てられてしまった人たちに手をさしのべる人も、大統領《だいとうりょう》になって、すぐれた指導者《しどうしゃ》のお手本になる人も、よりよい地域社会《ちいきしゃかい》を作るために、時間と努力《どりょく》をそそぐ人も、いるかもしれません」

コールさんは、ここにいるみなさんの努力しだいで、ほかの人たちにも道が開《ひら》けるとか、みな

＊1　アメリカでは、人気のある教会の熱狂的《ねっきょうてき》な礼拝《れいはい》のようすを放送《ほうそう》するテレビ番組がある。
＊2　キリスト教カトリック教会の修道女《しゅうどうじょ》。一九一〇—一九九七。インドでまずしい人々を救《すく》う活動をしていた。一九七九年にノーベル平和賞受賞。

さんひとりひとりが、世《よ》の中を好《この》ましい方向《ほうこう》に進《すす》めたいと思えば、世《よ》の中はほんとうにすべての人たちにとってよりよい場所《ばしょ》になります、などと話しつづけた。

「すべては、ひとりひとりが行動《こうどう》を起《お》こすことからはじまるのです。ですから、今日は、お友だちのお手本になるように、まずはみなさんが、何かひとつ、すばらしいことをしてみてください」

会場から拍手《はくしゅ》が起こった。ぼくは拍手《はくしゅ》のかわりに、すごい速《はや》さで目をぱちぱちさせた。ほんとうにコールさんの言うとおりだ。ジョーイ・ピグザのおかげで、世《よ》の中がもっとよくなったと言ってもらえるようにするには、何をしたらいいだろう。

講演《こうえん》のあと、教室にはもどりたくなかったので、足を引きずって保健室《ほけんしつ》に行った。ずっと立っていたから、昨日痛《いた》めた足首がズキズキしていた。たいしたことはないけど、ちょうどいいから保健室《ほけんしつ》のホリーフィールド先生に見てもらおう。先生は、いつでも喜《よろこ》んでぼくと話してくれるから。

ぼくは、かたほうの足にはふつうのくつ、痛《いた》いほうの足には、ハワード先生がくれたウサギのスリッパをはいていた。ホリーフィールド先生は、ぼくの足首を、少しねじったり、前後に動《うご》かしたりしてから言った。

「こんなの、ぜーんぜんたいしたことないじゃない」そしてにぎりこぶしで、ぼくのあごをくいっと上げさせて続《つづ》けた。「カギを飲《の》みこむほうが、よっぽどたいへんよ」

「足首はちょっと飲《の》みこめないな」

ぼくが冗談《じょうだん》を言うと、先生は笑《わら》いながら答えた。

「ジョーイったら、むりに決《き》まってるじゃない」

それから、のびちぢみする包帯《ほうたい》で、足首をしっかりまいてくれた。いい気持《きも》ち。

「包帯《ほうたい》は、返《かえ》さなくてもいいわよ」

「わかった。ハロウィンのときに、これで体をぐるぐるまきにして、ミイラになろうかな。もっともらえる？」

「古いのなら少しあるけど、ミイラになるまえに、まずは、足首を治《なお》すこと。いい？」

「わかった」

言われたとおりにしよう。言うことを聞いて、いい子でいるのって大好《だいす》き。ホリーフィールド先生も大好《だいす》き。先生は、コールさんの言ってたような「すばらしいこと」を、いままでたくさんしてきたんだろうな。ぼくは先生に、「特別優秀生《とくべつゆうしゅうせい》」だけのためのお話をこっそり聞いてきた、とヒソヒソ声でうちあけた。

「それでね、コールさんは、今日、すばらしいことをひとつしなさいって言ったんだ」

＊　ハロウィンの夜、子どもたちがお化《ば》けの仮装《かそう》をして近所の家をまわり、お菓子《かし》をもらう習慣《しゅうかん》がある。

ホリーフィールド先生も、ヒソヒソ声でたずねた。

「ふうん。それで、ジョーイは何をするの？」

「まだ考え中。もうすぐ決《き》まると思う」

「よく考えてね」

「うん」

ぼくは立ちあがった。足首に体重をかけないようにしてまっすぐ歩くだけなら、あんまり痛《いた》くない。

「またね」先生が言った。

お昼休み、食堂《しょくどう》でお昼を食べると、ぼくは校庭《こうてい》には出ないで教室にもどった。世《よ》の中のために何をするか、考えたかったから。薬《くすり》が切れてきているようだった。お昼を食べたあとは、いつもこうだ。

マクシー先生も、もう来ていて、机《つくえ》で書きものをしていた。ぼくは声をかけた。

「先生、朝の会議《かいぎ》は終わったの？」

「ええ、ちゃんとすんだわ。足首のぐあいはどう？」

「よくなってるよ。ねえ先生、机《つくえ》の引き出しに何か入ってるの、気がついた？」

「ええ、気がついたわよ」

先生は、にっこりした。ぼくはとくいになって胸をはり、にっこり笑《わら》い返《かえ》した。先生が言った。

「だれかが引き出しの中に、リンゴケーキをひと切れ、入れておいてくれたの。きっと、先生のファンよ」

「そんなことをするいい子って、だれだかわかる？」

「きっと、午後の授業のときも、最高《さいこう》におぎょうぎよくしてる子だと思う」

「ぼくも、そう思う」

先生は、にこにこしたまま言った。

「今度《こんど》、昨日のこと、ちゃんと話しあいましょうね。ほんとうに、たいへんなことしたんだから」

「うん。でも、ぼく、もう変《か》わったんだよ。朝、こっそり教室をぬけ出してね、特別優秀生《とくべつゆうしゅうせい》のためのお話を聞きに行ったんだ。いまから、世《よ》の中のために、すごいことをするからね」

「こっそりぬけ出すなんて、ちっとも変《か》わってないじゃない」

「うん、でも、ほんのちょっと、決《き》まりをやぶっただけだから。いまから、ほんとうにすごいことするの」

「ほんとう？　何をするの？」

「車に貼《は》るステッカーを百万枚《まい》作る。『みんな平等《びょうどう》、差別《さべつ》はやめよう』って書いてあるステッカー。母さんが仕事場《しごとば》で見たんだって。世界《せかい》じゅうの車に貼《は》れるように、百万枚《まい》ほしいって言ってた」

「あら、いいじゃない。でもジョーイ、よその車に勝手《かって》に貼《は》ったりしちゃだめよ」

「ぼくは、貼《は》らないよ。母さんが貼《は》るから。すぐにはじめないと。もうすぐ休み時間が終《お》わって、みんながもどってきちゃう」

「それじゃあ、教室のうしろのワゴンにのっている工作用具《こうさくようぐ》を使《つか》っていいわ。がんばれば、昼休み中に百万枚《まい》できるかもしれないわよ」

ぼくは、教室のうしろに行って、ワゴンから大きな厚紙《あつがみ》を一枚《まい》出すと、ゆっくりと横線《よこせん》を引いていった。線と線のあいだに大きな字で標語《ひょうご》を書き、蛍光色《けいこうしょく》のマーカーで、「差別《さべつ》」の文字をふちどりして、めだつようにした。できあがったのを頭の上に持ちあげて、さけんだ。

「マクシー先生、見て！」

先生は、机《つくえ》から頭を上げると、よくできましたというしるしに、親指《おやゆび》を立てて見せた。それからこっそりウィンクして、にこっと笑《わら》った。ぼくは問題児《もんだいじ》かもしれないけど、やっぱり特別《とくべつ》な子だからね。みんなに、そう言われてるんだから。

「とてもじょうずに書けているわ。よくできたじゃない、ジョーイ」

先生の言葉《ことば》が、頭の中で何度《なんど》もこだました。

〈よくできたじゃない、ジョーイ〉

なんていい言葉《ことば》だろう。永遠《えいえん》にこの言葉《ことば》だけ聞いていたい。ほかの言葉《ことば》なんか、聞こえてこなければいいのに。

〈よくできたじゃない、ジョーイ〉

でも、ぼーっとしている場合じゃない。早く仕上《しあ》げなくちゃ。

生徒用の安全《あんぜん》バサミで、厚紙《あつがみ》をステッカーの形に切らなくちゃいけない。それなのに、すごく厚《あつ》い紙で、どうしてもハサミが負《ま》けて、横《よこ》に寝《ね》てしまう。刃《は》を起《お》こしてむりやり切ろうとすると、指《ゆび》がきりきり痛《いた》い。

そのときベルが鳴って、校庭《こうてい》から、みんながどっと教室にもどってきた。マクシー先生は、みんながろうかを走っていないか、見に行った。ぼくは、ステッカーを作り終《お》えてしまいたかったので、こっそり先生の机《つくえ》に行って、いちばん上の引き出しを開《あ》けると、先生用のすごくよく切れるハサミをつかんで、急《いそ》いで席にもどろうとした。

たいへんなことが起こったのは、そのときだった。

ぼくは、あのまぬけなウサギスリッパの耳をふんづけてしまった。そのいきおいで、大きな鳥のくちばしみたいなハサミを持《も》ったまま、つんのめった。そこにマリアが飛《と》び出してきて、緑《みどり》のおばさんが車を止めるみたいに立ちはだかった。

「走っちゃだめ！」

でも、ぼくは止まれなかった。ハサミを持《も》った手が、マリアの顔をかすった。ぼくは、そのまま通路《つうろ》にころがった。

ものすごく大きな悲鳴《ひめい》がひびきわたった。あんまりうるさいから、自分の声だと思っていた。でも、ぼくじゃない。

あわてて飛《と》び起《お》きたけど、最初《さいしょ》は何が起《お》きたのかわからなかった。すごい血《ち》だ。水道管《すいどうかん》がはれつしたみたいにあふれ出している。マリアの鼻《はな》の頭が切れてる！　マリアは、感電《かんでん》したみたいに目を見開《みひら》き、ぶるぶるふるえてつっ立っていた。ぼくはしゃがんで、落《お》ちていたマリアの鼻《はな》の先をつまみあげた。バナナの先をうすく切《き》り落《お》としたみたいな鼻《はな》の先。立ちあがって、それをマリアの鼻《はな》におしつけた。そしたら、ふき出し口をふさがれた血《ち》が、シャワーみたいに、あたりに飛《と》びちった。うそみたい。見ているのに、信《しん》じられない。

マリアの口は、大きく開《ひら》いたままだけど、もう、声は出ていない。目をのぞきこんだら、大きく見開《みひら》いているのに、だれのことも見ていない。その目つきがあんまりおそろしくて、ぼくまでおかしくなってしまった。マリアよりもひどかった。ほかの子に呼《よ》ばれて飛《と》んできたマクシー先生よりもひどかった。ぼくはどなるような声で、「ごめんなさい！　ごめんなさい！」とさけびながら、切《き》り落《お》とされた小さな鼻《はな》の先っぽを、マリアの鼻《はな》にくっつけようとした。シールを貼《は》り直すみたいに、何度《なんど》も何度《なんど》も。うまくくっつけば、傷口《きずぐち》も消《き》えるし、ぼくは作りかけのステッカーを仕上《しあ》げなくちゃならないんだから、早くなんとかしなくちゃ……。

マクシー先生は力ずくで、ぼくをマリアから引きはなし、ハサミを取りあげた。ぼくは、コマみたいにくるくるまわりだした。それから、机《つくえ》のあいだをはねまわりながら、金切《かなき》り声《ごえ》でさけびつづけた。

「ごめん！　ごめん！」

そして、死にものぐるいで、先生からハサミを取り返そうとした。自分の鼻《はな》を根もとから切《き》り落《お》として、マリアにあげて、どんなに悪いと思っているか、わかってもらわなくちゃ。マクシー先生は、ハサミをしっかりつかんだままさけんだ。

「はい、そこまで！　おしまい！　みんな自分の席《せき》にもどって！」

でもぼくは、頭の中がごちゃごちゃになっていて、自分の席《せき》もほかの人の席《せき》も、何がなんだかわからなかった。そこへホリーフィールド先生が、ガーゼとばんそうこうを山ほど持《も》ってきて、マリアの鼻《はな》を氷《こおり》で冷《ひ》やし、ガーゼでおさえた。そのあいだ、ああ、もう、ぼくときたら、火がついたみたいにそこらじゅうをはねまわるばかりで、そしたら救急車《きゅうきゅうしゃ》の音がして、それから校長先生が来て、自分の上着《うわぎ》をマリアの肩《かた》にかけて、ホリーフィールド先生といっしょに走るようにしてマリアを教室から連《つ》れていって……。

最悪《さいあく》だった。全員《ぜんいん》が、殺人犯《さつじんはん》を見るような目でぼくを見ている。ぼくは席《せき》にもどって、ウサギスリッパの耳をもぎとって、ポケットにつっこんだ。ほかに何をしたらいいのか、わからなかった。何かおそろしいことが起こりそうな気がした……。そしてほんとうに、おそろしいことになった。

マクシー先生は、めちゃくちゃになっている教室をかたづけて、なんとかみんなを静かにさせようとしていた。そこに、血《ち》のついた上着《うわぎ》を着《き》た校長先生がもどってきた。そして教室の前から、ぼくを指《ゆび》さして言った。

「ジョーイ、自分の荷物《にもつ》を全部持《ぜんぶも》って、わたしといっしょに来なさい」

ぼくはT《ティー》シャツのすそをひっぱって、机《つくえ》の中のものを全部《ぜんぶ》その上にのせてかかえると、出口に向かった。みんなが、まだこわそうにぼくを見ていたので、ぼくはふり返《かえ》って言った。

「またあとでね。もどってくるから」

歩きだしたら、なみだがポロポロとあふれて、前が見えなくなった。なんでこんなときに、足首がずきずきするんだよ！　ドアのはしに肩《かた》がぶつかった。うでがビリビリッとして、つかんでいたT《ティー》シャツを放《はな》してしまった。そこらじゅうに、ぼくの教科書《きょうかしょ》や文房具《ぶんぼうぐ》がちらばる。マクシー先生をふり返《かえ》ると、きゅっと口を結《むす》んでいた。ほんとうは、ぼくにこのクラスにいてほしいと思ってるんじゃないかな。ぼくがわざとけがさせたんじゃないって、きっと知ってるから。先生と目が合った。

「ぼくは、いい子だよ。薬《くすり》がだめなんだ」

先生は、ちょっと泣《な》きそうな顔をした。それから、クラスのみんなのほうに向《む》き直《なお》って言った。

「はい、じゃあ、ちょっと落《お》ちつきましょう。息《いき》を深《ふか》く吸《す》って……ゆっくりはく。はい、それでは、算数のドリルを出してください」

ぼくはさけんだ。

「ぼく、算数、とくいだよ！」

でもすぐに、校長先生がぼくの落《お》としたものを全部《ぜんぶ》ひろって、ぼくの手も、落《お》としたもののひとつみたいに乱暴《らんぼう》につかんで、ろうかにひっぱり出してしまった。

8　特別支援《とくべつしえん》センター

「自分の体ではなく、ほかのお子さんを傷《きず》つけたわけですから……」

校長先生は、花がらのティッシュの箱《はこ》を、母さんのほうにおしながら言った。母さんは、ティッシュを何枚《なんまい》か取《と》った。母さんのつめには、あざやかな赤いマニキュアがぬってある。マリアの鼻《はな》をくっつけようとしたときに血《ち》で赤くなった、ぼくのつめみたい。

ぼくたちは校長室にいた。ぼくは、校長先生に教室からひっぱり出されてから、ずっとここにいる。母さんは、美容院《びよういん》で仕事中《しごとちゅう》に呼《よ》び出されたので、胸《むね》に「フラン」と名前がししゅうしてある白い仕事着《しごとぎ》を着《き》たままだ。お店の人の車を借《か》りて大急《おおいそ》ぎで来たから、マリアが救急車《きゅうきゅうしゃ》で運《はこ》ばれたあと、すぐに学校に着《つ》いた。母さんはハアハアと肩《かた》で息《いき》をしながら、首の汗《あせ》をぬぐっている。

「傷《きず》つけようとしてやったわけじゃありません。事故《じこ》ですから」母さんは、使ったティッシュを丸め、机《つくえ》のはしにおいて続《つづ》けた。「子どもですから。まれにこういうことだってあります……」

校長先生は、箱《はこ》から出した新しいティッシュで、母さんの使《つか》ったティッシュを汚《きた》ないものみたいにつまみ、ゴミ箱《ばこ》に捨《す》てた。校長先生は、ぼくのことが書いてある書類《しょるい》のファイルをたたきながら、大きな声を出した。

「しかしですね、もう今回は、事故《じこ》だった、ですませるわけにはいかないんですよ。たとえ事故《じこ》だったとしても、はじめてじゃないんですから。もうすでに、本人もけがをしているし、まわりの子どもたちだって……」

「ジョーイがいろいろ問題を起こしていることは、わたしもわかっています。母親ですから、だれよりもよくわかっています。たしかにこれまでも、いろいろありましたけど、どれも事故《じこ》なんです。ジョーイに悪気《わるぎ》はありません」

母さんの顔は、汗《あせ》びっしょりだった。まるで、母さんがマリアにけがをさせたみたいだった。

「今日のことが、事故《じこ》でなかったとは言っておりません。学校が問題《もんだい》にしているのは、ジョーイくんがまねいた事故《じこ》の数です」校長先生は、ファイルを開《ひら》いて続《つづ》けた。「ジョーイくんをめぐって起《お》きたことを読みあげてみますと、新しい学年になってからだけでも……」

「読んでいただかなくて、けっこうです」

母さんは、職場《しょくば》でしかられたときみたいに、少し怒《おこ》っている感《かん》じだった。校長先生は続けた。

「わかりました。とにかく、これまでも再三《さいさん》にわたってジョーイくんの行動《こうどう》については、お話してきました。それについては、ご記憶《きおく》のことと思います」

母さんに薬《くすり》を持《も》っていないか聞こうと思ったけれど、母さんはぼくのひざをトントンとたたいて、小さな声で言った。「だまって聞いてなさい」

校長先生が続《つづ》けた。

「先日ご相談《そうだん》したときに、わたくしどもの学校で、ジョーイくんをきちんと見ていくのがむずかしいと判断《はんだん》した場合には、*特別支援《とくべつしえん》センターに行っていただくことを、ご了解《りょうかい》いただきましたね？　センターなら、ジョーイくんに必要《ひつよう》な支援《しえん》を受けられますから」

「わかってます」

母さんはそう答えたけど、ぼくは初耳《はつみみ》だった。

「特別支援《とくべつしえん》センターって何？　ねえ、それって……」

「いい子だから、もうちょっと待《ま》って。お話が終《お》わってから」

校長先生は、もうティッシュをかたづけてしまったので、母さんは、自分のバッグに手をのばして、ティッシュをさがした。バッグを開《あ》けると、おしろいと、口紅《くちべに》と、香水《こうすい》のいいにおいがした。香水《こうすい》のにおいをかぐと、母さんのひざにすわって、母さんがいつも香水《こうすい》をつける首のあたりに、頭をくっつけていたくなる。そうしていると、やわらかくて、あったかくて、安心する。どんなに悪《わる》いものが来ても、母さんが守《まも》ってくれる気がするんだ。ぼくも、母さんを守《まも》ってあげられる気がする……。

「ジョーイ」

母さんの声がした。

「ジョーイ」

母さんに太ももをキュッとつねられて、ぼくは、はっとした。

「え？」まだ寝《ね》ていたいのに、とちゅうで起《お》こされたときみたいな声が出た。「なあに？」

「校長先生が、あなたの話を聞きたいって」

「なんの話？」

どうしよう。母さんと校長先生は、ずっとぼくのことを話していたはずなのに、ぼくは、なんにも聞いてなかった。母さんは、ぼくがぼんやりしていたのがわかったようで、今度《こんど》はやさしく言った。

「どうしてあんなハサミを持ってころんだのか、話せばいいの」

「そうですよ、ジョーイくん、話してごらん？」

校長先生は、にっこり笑《わら》って、なんでハサミを持ってころんだのか、ぜひ教えてほしいってい

＊　アメリカの小学校で、特別学級《とくべつがっきゅう》での授業《じゅぎょう》を受けることがむずかしく、特別《とくべつ》な訓練《くんれん》や手助けが必要と判定《はんてい》された子どもたちが通《かよ》う施設《しせつ》。

う顔をした。それで、ぼくは説明《せつめい》した。

「ぼくと母さんで、この世《よ》の中をよくしたかったから、ステッカーを作ることにしたの。でも、安全《あんぜん》バサミだと、小さすぎてうまく切れなかったから、マクシー先生の引き出しから先生用のハサミを出して、もどろうとしたら、ウサギスリッパの耳をふんづけてつんのめって、そこにマリアが飛《と》び出してきて、起《お》きあがったら、マリアの鼻《はな》の頭が切《き》れてたの」

話し終わると、母さんは自分のひざを見つめていた。校長先生は、ノートにすごいいきおいで何か書きこんでいる。書き終えると、顔を上げて言った。

「明日は、ジョーイくんをお休みさせてください。特別支援《とくべつしえん》センターの送迎《そうげい》バスが、あさってから迎《むか》えに行きます。手続《てつづ》きをするのに、一日必要《ひつよう》ですから」

「わかりました」母さんが言った。「でも、またこちらの学校にもどれるんですよね？」

「ジョーイくんは、ほかのお子さんにけがをさせたわけで、本校の規定《きてい》どおりなら、六週間の停《てい》学《がく》にくわえて、カウンセリングも受《う》けなくてはならないところです。まあ、ですが、ジョーイくんがこれまで起こしてきた問題を考えると、おそかれ早かれセンターに行っていただくことになったでしょうし、今回の取り決めは、ジョーイくんにとっては、停学《ていがく》よりはいいのではないかと思います。これから先どうなるかは、ジョーイくんしだいということですね」

校長室を出たあと、ぼくも母さんも、ひとこともしゃべらなかった。車に着《つ》くまで、ぼくはマリアの血《ち》のあとがないか、マリアの鼻《はな》の先が落《お》ちていないか、足もとを見ながら歩いた。鼻《はな》の先っぽだけでも見つけたら、マリアはゆるしてくれるかもしれないと思ったし、ぼくも少しは気《き》持《も》ちが軽くなるような気がした。

とちゅう、鼻《はな》の先を見つけたと思って、かがんで、はだ色の丸っこいものをひろった。でも、よく見たら、使《つか》ったバンドエイドを丸めたやつだった。母さんは、ぼくのその手をピシッとたたいて、バンドエイドをはらい落《お》とした。母さんも、ぼくのこと怒《おこ》ってる。そうわかったとたん、ぼくの心臓《しんぞう》までが、痛《いた》くした足みたいに、自分の思いどおりには動《うご》かなくなった気がした。ぼくは、いつだって母さんの味方《みかた》だから、母さんも、いつもぼくの味方《みかた》だと思ってた。でも今日は、母さんもぼくのこと、いやになってしまったのかもしれない。母さんまで、ほかの人たちみたいに、敵《てき》になってしまうかもしれない。そう考えると、こわくなって、言葉《ことば》が出なくなってしまった。

車の中でも、どっちも話さなかった。バーガーキングのドライブスルーで、やっと母さんが口を開《ひら》いた。ぼくに何も聞かずに、勝手《かって》にふたり分注文《ちゅうもん》した。店の受け取り用のまどから注文《ちゅうもん》したものを受け取ると、角を曲《ま》がって、並木《なみき》の下に車をとめた。そして、ハンバーガーとポテトをぼくにわたしながら言った。

「あのさあ、ジョーイ……。さっき母さん、せいいっぱいがんばったの。わかった？」

「うん。全部《ぜんぶ》、ぼくが悪《わる》いんだから。いけないのは、母さんじゃなくて、ぼくだから」

ぼくは、フライドポテトを食べはじめた。最初《さいしょ》にポテトのはしっこを食べて、それから反対側《はんたいがわ》を食べて、まん中は残《のこ》しておく。まん中は、かんでもサクッとしないから、ほかの野菜《やさい》を食べるときみたいに残《のこ》しておいて、最後《さいご》に食べる。

「ジョーイは、ばかじゃないからね。落《お》ちこぼれでもないし。そんなふうに考えちゃだめだよ」

ぼくは、母さんの顔を見ないで答えた。

「でも、みんな、そう思ってるよ。みんな、ぼくのこと、できそこないって呼《よ》ぶもん。落《お》ちこぼれのほうが、できそこないや、ノータリンや、バカゲッキーって言われるよりいいよ」

母さんは、紙ナプキンを目にあてて、少し前かがみになった。泣《な》いてるんだ。母さんが、かくれてこんなふうにして泣《な》いているのを、もう、何回も見た。

しばらくして、母さんは言った。

「母さんね、いっしょうけんめい、やり直そうと思ったの」そして、鼻《はな》をかんだ。「ジョーイが赤ちゃんのとき、母さん、ジョーイをおいていっちゃったでしょう？　ひどいよね。でも、やっぱりジョーイがかわいくて、いろいろかたづけて、もどってきたの。だからジョーイも、母さんのためにがんばって。ね、できるよね？　今度はジョーイの番だからさ。ジョーイが、いままでできなかったことを、自分でひとつずつ、できるようにしていくの。このままにしてたら、この先どうなるかわかんないよ。もっとたいへんなことになるのだけは、たしか。きっと、こんな程《てい》度《ど》じゃ、すまなくなっちゃうよ」

ほんとうに、母さんの言うとおりだと思う。

「母さん。特別《とくべつ》支援《しえん》センターに行くの、こわい」

なんとかそれだけ言うと、ぼくは母さんの肩《かた》に顔をくっつけて、泣《な》きだした。母さんは、ぼくの頭をなでながら言った。

「ちょっとのあいだだけだから。ジョーイはいい子なんだから、がんばればすぐに、もとの学校に帰してくれるよ」

9　母さんからのプレゼント

つぎの日、ぼくは学校を休んだ。そして、母さんが作った決《き》まりをひとつやぶった。

母さんが仕事《しごと》に行っているあいだに、ぼくは、痛《いた》い足を引きずって、同じ通《とお》りの何軒《なんけん》か先の、マリアの家に行った。行くとちゅう、心から反省して、悪《わる》かったと思っているのが伝わるように、あやまる練習《れんしゅう》をした。最後《さいご》にもう一度《いちど》練習《れんしゅう》して、玄関《げんかん》のドアをノックした。

ドアがすごいいきおいで開《あ》いて、油《あぶら》まみれの作業服《さぎょうふく》を着《き》た、大きな男の人が出てきた。たぶん、マリアのお父さんだ。

「だれだ？」

「ジョーイ・ピグザです」

マリアが出てくると思って練習《れんしゅう》してたから、すごくびっくりした。こういうときって、どうしたらいいんだろう。ぼくは、なんだかわからなくなって、とにかくマリアに言うはずだったことを言った。

「あやまりに来たんだけど……」

まるで、百キロ以上《いじょう》もあるゴリラの足をふんづけたのに気づいて、あわてててごまかし笑いをしている人みたいに、ぼくはむりやり笑った。おじさんは、自分のうしろでドアを閉《し》めた。用心《ようじん》しないと、ぼくが自分の股《また》の下をくぐって家に入りこみ、もう一度《いちど》マリアの鼻《はな》をちょん切《ぎ》ると思っているようだった。

「うせろ」と、おじさんが言った。

ぼくは、ハサミを使《つか》うほうの手を広げてみせた。

「ハサミは持《も》ってません」

すると、おじさんはぼくに近よってきて言った。

「おまえみたいなできそこないを、ふつうの子どもといっしょの学校にやるから、いけねえんだ」

ぼくは、あとずさりして言った。

「ぼくは、ちょっとしかできそこないじゃないよ」

おじさんは、ぼくのことを丸太みたいにつかんで放《ほう》り投《な》げそうないきおいで、さらに近づいてきた。

「こっちへ来い」

足首が痛《いた》かったけど、ぼくはくるっと向きを変えて、歩道を走りだした。ふり返《かえ》ると、おじさんは走ってはいないのに、すごい早足で追ってきていた。おなかをつき出し、ぼくをつき飛ばすようなかっこうだ。

おじさんのうしろを見ると、家の大きな窓《まど》から、顔を包帯《ほうたい》でぐるぐるまきにしたマリアが見えた。ふわふわの毛をした白い子犬を抱《だ》いて、こっちを見ている。子犬は、いやそうにあばれていた。頭の上のあたりには、「早くよくなって」と書かれた銀色《ぎんいろ》の風船がいくつもゆれている。マリアのところに走っていって、あやまりたい。でも、おじさんからは走って逃《に》げなくちゃ。どうしようかまよっていたら、足が止まってしまった。

とうとう、おじさんが追《お》いついた。ぼくは目をつむった。でも、なぐられはしなかった。

「うせろ」おじさんがもう一度《いちど》言った。

「わざとやったんじゃないです。ぼく、悪《わる》い子じゃない」

「おまえが悪《わる》かろうがよかろうが、知ったこっちゃねえ。うちの娘《むすめ》に今度《こんど》何かしやがったら、そのときは、おまえもおまえの家族《かぞく》も、ただじゃおかねえからな」

「母さんは関係《かんけい》ないもん」

おじさんは、意地《いじ》の悪《わる》い顔をしてぼくを見ると、頭をうしろにそらして笑《わら》いだした。

「ははは!　おまえの母親のせいに決《き》まってるだろ」

「ちがうよ。母さんはあのとき、学校にいなかったもん」

ぼくは、母さんの悪口を言われてかっとして、こわさなんか吹《ふ》っ飛《と》んでしまった。

「母さんは悪《わる》くない！　ぼくが悪《わる》い！」

おじさんは、びっくりして、どうしたらいいかわからなくなったようだった。

でもぼくのほうは、わかっていた。おじさんを思いっきりにらんでから、背《せ》を向けると、胸《むね》をはって、堂々《どうどう》と歩いて帰った。

家に着《つ》いて、ポーチに腰《こし》をおろした。急に、明日からいつもとちがう学校に行くことを思い出して、こわくなった。

知らない子や、知らない先生のいるところに行くんだ。どうしよう。だいじょうぶかな……。

ぼくは家に入って、薬《くすり》をさがした。たくさん飲《の》んで、心を落《お》ちつけたかった。でも、母さんは、仕事《しごと》に行くときには、ぼくの薬《くすり》を家においていかないことにしていた。母さんは、決《き》めたことをやぶったりしない。しかたがないから、でっかいリクライニングチェアによじのぼって、落《お》ちついて立っている小さいころの自分の写真《しゃしん》を見つめ、ひと休みした。しばらくして、母さんが心配《しんぱい》して電話をしてきたときには、いい子にしてるって答えた。

その夜、母さんが作ってくれたチーズマカロニを食べてから、ふたりで散歩《さんぽ》に行った。母さんは、ぼくの肩《かた》にうでをのせて、ぼくの耳を手のひらでおおった。風が冷《つめ》たかったから、いい気持《きも》ち。

「一日じゅう、ジョーイのことばかり考えてたよ」

「ぼくも、母さんのこと、考えてたよ」

ぼくは母さんを見て、それから歩道を見て、もう一度《いちど》母さんを見て、また歩道を見た。まえに、下を見ないで歩いて、犬のフンをふんじゃって、すべってころんだことがあったから。

「あのね、明日、母さん早く仕事に行かなきゃならないんだ。だから朝、ジョーイがバスに乗《の》るの、見っててあげられないの。それで、ジョーイのことが気になっちゃってさ」

「そっか……。母さん、いてくれると思ってた」

ぼくは、小さな声で言った。体の中が、さびしさでいっぱいになった。母さんは、やさしく言った。

「母さんも、そのつもりだったんだけどね。お店のだれかと、朝一番の予約《よやく》を代《か》わってもらおうと思ったんだけど、空《あ》いてる人がいなくてさ。お客《きゃく》さんをことわっちゃうとうるさいし。でもね、そのかわりに、ジョーイにふたつ、プレゼントがあるよ」

「ぼくに？　ふたつも？」

プレゼントって大好《だいす》き。

「ひとつめは、ふつうのプレゼントとは、ちょっとちがうんだけどね。リボンも包装紙《ほうそうし》もないから。でも、大きいプレゼント」

「何？」

ぼくたちは、立ちどまった。母さんは、ぼくのあごにかた手をあてて上を向かせると、目をのぞきこんだ。そして、とてもまじめに言った。

「ひとつめのプレゼントは、こまったときに助けてくれる教え。母さんも、いつもこの教えに助《たす》けられてきたの。いい？　……『何か、悪《わる》いことを考えてしまったときは、すぐにいいことを考えること。それから、悪《わる》いことは、ぜったいに続《つづ》けて三つ以上《いじょう》考えないこと』そんなことしたら、落《お》ちこんじゃうからね」

「わかった」

ふたつめのプレゼントは、手でしっかりとさわれるものがいいなあ。

「ほんとうにわかった？」

ぼくがまじめに聞いていないのがばれちゃったみたい。それで、よく聞いていたしるしに、質問した。

「じゃあさ、いいことを考えたときも、すぐに悪《わる》いことを考えなくちゃいけないの？」

「いいことは、いくら続《つづ》けて考えてもいいの」

「わかった。ねえ、ふたつめのプレゼントは？」

最初《さいしょ》のプレゼントにがっかりしたから、つぎのが聞きたかった。

「すごく小さいプレゼント」

「えーっ、さっきのより小さいの!?」

ぼくは大声で言うと、よろよろと歩きだした。

「そう、あせらないの。最初《さいしょ》は小さいけど、だんだん大きくなるんだから」

アイスクリーム屋《や》の前を通《とお》りすぎた。ぼくがぜったいに入らせてもらえない店。それから、ポーランド系《けい》の人がやってる酒場《さかば》も通《とお》りすぎた。ここは、父さんがピッツバーグに行ってしまうまえによく飲《の》んでいたところだ、とおばあちゃんが言ってた。そして、母さんは古本屋《ふるほんや》に入っていった。

「本なの？」

プレゼント、どんどん小さくなっちゃうよー。

「本だけじゃないよ」

そう言って母さんが笑ったから、かなりいい予感《よかん》がしてきた。店の奥《おく》のほうの、ペットの本がある棚《たな》に行くと、母さんは手をのばして、犬の本をひっぱり出した。

「ジョーイが、特別支援《とくべつしえん》センターでほんとうにちゃんとやれたら、犬を飼《か》っていいよ」

体の中がうれしさでいっぱいになった。犬、ずっとほしかったんだ！　ぼくに似《に》ている、小さい犬。そこらじゅう跳《と》びまわる、かわいいジョーイ犬。よく言うことを聞く犬。おばあちゃんに飼《か》いたいって言ったときは、そんなことしたら、家にジョーイをふたりおくようなもんだって言われた。でもいま、ぼくはこうして、にこにこして、犬の本をめくっている。百万種類くらいのってるみたいだけど、ぼくにぴったりの犬は、もうわかってるんだ。チワワ。ぼくは言った。

「ありがとう。いまね、悪《わる》いこと、何も考えてないよ」

母さんはかがみこんで、ぼくのおでこにキスをして言った。

「うん、それがいいよ。ジョーイに運《うん》が向いてきたんだから。これからは、『自分の犬を手に入れたラッキーボーイ、ジョーイ・ピグザ』として生きていくんだからね」

10　踏《ふ》み切《き》り

つぎの日の朝、ぼくはその犬の本を持《も》ってポーチに出て、特別支援《とくべつしえん》センターのバスが来るのを待《ま》った。

青と白でぬられた、身体《からだ》が不自由《ふじゆう》な人専用《せんよう》のバスが、シューッと大きな音をたてて家の前で止まった。そして、横のドアがバンッと開《ひら》いて、バス全体がかたむき、小さな踏《ふ》み段《だん》が地面《じめん》までおりてきた。ゾウが地面《じめん》にひざまずいたみたいだ。母さんに言われてたとおり、ポーチの階段《かいだん》をかけおりて、さっとバスに乗《の》れば「いい子」だったのに、ぼくはつっ立ってバスを見ていた。

バスのどの角にも、小さな棒《ぼう》がはり出していて、丸い鏡《かがみ》が取《と》りつけてある。ぼくの立っているところからいちばん近い前の鏡《かがみ》をのぞくと、景色《けしき》が曲《ま》がってうつっていた。その中にバスのうしろの鏡《かがみ》がうつっていて、その鏡《かがみ》の中をのぞくと、つぎの鏡《かがみ》が見えて、さらにその中をのぞくと、もうひとつの前の鏡がうつって、バスのまわりをぐるりと見られるようになっていた。バスの運《うん》転手《てんしゅ》の顔も、はげ頭も、それから昨日、散歩《さんぽ》のあと、母さんに切ってもらったばかりの短《みじか》い髪《かみ》のぼくが、バックパックを足のあいだにおいてポーチに立っているのも、見えた。鏡《かがみ》の中の小さな自分を見ながら、今日これから起こることや、明日のことや、あさってのことや、もっと先のことが、つぎつぎに見えたらいいのにと思った。母さんには、悪《わる》いことは三つ続《つづ》けて考えるなって言われたけど、ほんとうに悪《わる》いことがつぎつぎと頭に浮《う》かんできてしまったら、とちゅうで止めるのはむりだと思う。

運転手《うんてんしゅ》は、バインダーにはさんだ紙をめくって立ちあがると、運転席《うんてんせき》近くのドアを開《あ》け、ぼくに大声で声をかけてきた。

「きみ、今度《こんど》センターであずかる子かい？」

あずかるって、なんのこと？　特別支援《とくべつしえん》センターへ行くって、母さんに会えなくなるってことなの？

「ぼくは、ジョーイ・ピグザ。あずかってもらうんじゃないよ。だれがあずけるって言ったの？　ぼくには、ちゃんと母さんがいるんだから。いまは仕事《しごと》に行ってるけど、あずかってもらわなくてだいじょうぶだよ」

話しているうちに、どんどんわからなくなってきて、話すのがやめられなくなりそうだった。ぼくには母さんという家族がいるのに、「あずかる」なんて、冗談《じょうだん》じゃない。頭の中がぐちゃぐちゃになってしまった。カギのかかった玄関《げんかん》のドアみたいに、だれも入れてやらないからな、という気持《きも》ちで、むっつりして立っていた。運転手《うんてんしゅ》は、もう一度《いちど》、バインダーを見て言った。

「お母さんはどこだい？」

「だから、仕事《しごと》に行ってるの」

「どこで？」

そんなの教えない。運転席《うんてんせき》では、無線機《むせんき》がガーガーピーピーと音をたてている。母さんの居場所《いばしょ》なんて教えたら、無線《むせん》で連絡《れんらく》して、母さんをどこかへ連《つ》れていっちゃうかもしれない。母さんが連《つ》れていかれて離《はな》れ離《ばな》れになったら、ぼくのせいだ。ぼくがマリアの鼻《はな》の頭を切ったからだ。ぼくがそんなことをしたから、母さんは、子どものしつけができない親だと思われてしまったんだ。母さん、もうどこかへ連《つ》れていかれちゃったのかな。それでぼくのことを、「あずかる」なんて言いだしたのかな……。

「まあ、いい、乗って。あとの予定《よてい》がつまってるんだ」

ぼくは、バックパックに犬の本をしまって、ポーチの階段《かいだん》をおりた。バスには乗りたくなかったけど、ほかにどうしようもない。

中には四人しか乗《の》っていなかった。どうせなら、一番乗《の》りだったらよかったのに。そしたら、一度《いちど》に四人じゃなくて、ひとりずつ会えたから。

ハワード先生のクラスには、いろんな障害《しょうがい》のある子たちがいたけど、バスにいる子たちは、その子たちとも、ちょっとようすがちがっていた。あのクラスにいたとき、ぼくは特別《とくべつ》だった。ほかの子たちにくらべたら、ぼくはよくできる子だったから。でも、このバスの中では、ぼくはみんなと同じだ。ここでは全員が、「特別《とくべつ》な訓練《くんれん》や手助けが必要《ひつよう》な子」なんだ。たとえば、ここにいる、うでのない子。正確《せいかく》にいえば、うではある。でも、ものすごく短《みじか》くてひじがないから、肩《かた》の先から小さな手が飛《と》び出しているように見える。指《ゆび》もとても短《みじか》い。手が出るように、Tシャ《ティー》ツのそでは切《き》り落《お》としてある。その子が、「おはよう」と言って、小さな指《ゆび》を、カニが足を動《うご》かすようにもそもそと動《うご》かして、ぼくに合図した。そして、頭でとなりの席を指《さ》したので、ぼくはとなりにすわって言った。

「おはよう」

けさ飲《の》んだ薬《くすり》は、不良品《ふりょうひん》かもしれない。朝早いうちは、たいてい調子《ちょうし》がいいのに、今日はもう、落《お》ちつかなくなってきて、なんだか体がそわそわしてきた。肩《かた》をうんとすぼめて、小さくなってすわったけど、バスがガクンと動《うご》きだしたはずみで、ぼくの体はその子のほうにかたむいた。その子の小さくてとがったつめが、ぼくのシャツにさわった。

「おれ、チャーリー」

自分から名前を教えてくれた。

「ぼくはジョーイ」と、それだけ答えた。チャーリーが、床《ゆか》に落《お》としたものでもひろうみたいに、上体をうんと前に倒《たお》すと、小さな手がぼくの手にふれた。あくしゅをしたいんだとわかった。ぼくは、チャーリーの指《ゆび》を軽くつかんで、やさしくひっぱった。チャーリーは、体を起《お》こして言った。

「よろしくね。おまえ、どこが悪《わる》いの？」

「どこも。でも、母さんが連《つ》れていかれちゃったかもしれない。運転手《うんてんしゅ》が、ぼくを『あずかる子』って言ってたから」

「おまえの母ちゃんなんか連《つ》れてかないよ。おれなんか、母ちゃんをどこかにやってくれって頼《たの》んだのに、聞いてもらえなかったぜ。おまえの母ちゃんだって、おまえが知らないうちに連《つ》れてかれるなんてことないよ……」

チャーリーの話は、とちゅうから耳に入らなくなった。うしろの席《せき》の子が、ぼくのイスの背《せ》もたれに頭をガンガンぶつけはじめたから、そっちが気になってしまった。かなり強くぶつけている。ふり返って見たら、その子はちゃんと、ヘルメットをかぶっていた。自転車用《じてんしゃよう》のヘルメットじゃなくて、顔まですっぽりおおう、オートバイ用ヘルメットみたいなやつ。足を床《ゆか》から上げたまま、体を前後にゆすって、ぼくの座席《ざせき》のうしろの金属《きんぞく》のところに頭をぶつけている。顔をおおっている透明《とうめい》カバーの中の目は、ぎゅっと閉《と》じている。痛《いた》いのをがまんしているのかな。なんだか、巨大《きょだい》なたまごの中に閉《と》じこめられて、そこから逃《に》げようともがいているみたいだ。

ぼくの前にすわっているふたりの女の子は、きれいな服《ふく》を着《き》て、新しい赤のバックパックをひざにのせている。どこも変わったところはない。その子たちを見ていたら、マリアのことを思い出した。ぼくは思わず自分の鼻《はな》の頭にさわってから、にこっと笑《わら》いかけた。その子たちも笑《わら》い返した。ぼくは、小さい声でチャーリーに聞いてみた。

「この女の子たちは、どこが悪《わる》いの？」

「こいつらは姉妹で、センターに来るのは週に一度《いちど》だけ。読むのも書くのも、反対《はんたい》になっちゃうんだよ」チャーリーは、女の子たちに言った。「ねえ、見せてやってよ」

ひとりが、バックパックを持《も》ちあげて見せた。上のほうに、〈イメ〉と書いてある。へんな名前。もうひとりのバックパックには、〈シーユジ〉。

「こっちの子の名前がメイ、こっちはジューン。わかった?」チャーリーが言った。

メイを見ると、メイはにっこりして言った。

「あたしたちは、なんでもさかさに書くから、ほかの人にはわからないの。かっこいいでしょ」

「しゃべるのもさかさにできる?」

「それはちょっとむり」

ジューンが笑《わら》いながら口をはさんだ。

「きっとそれも、特別支援《とくべつしえん》センターで教えてくれるんじゃない？　ちゃんとふつうに読めるようになったらね」

運転手《うんてんしゅ》が、踏《ふ》み切《き》りの手前でバスを止めた。ドアを開《あ》け、列車《れっしゃ》が近づいてこないか、音を聞いてたしかめている。それを見ていたら、運転手《うんてんしゅ》に、「ほーら、ジョーイ、このドアから飛《と》びおりて逃《に》げられるかな？　そんな勇気《ゆうき》はないだろう？」ってからかわれているような気がしてきた。汗《あせ》がふき出て、足がガタガタふるえて止まらなくなった。体も、離陸寸前《りりくすんぜん》のロケットみたいにゆれだした。このままじゃあ、バスのドアから飛《と》び出して、走って、かべにぶつかって、はね返りながら、父さんみたいにピッツバーグまで行っちゃうかもしれない。それとも、母さんみたいにがんばって、特別支援《とくべつしえん》センターに行って、いろいろなことを勉強《べんきょう》するか――。

ぼくは、「逃《に》げる」と「残《のこ》る」のふたつの言葉《ことば》のあいだにはさまって、どっちも選べなくなった。うしろの子が座席《ざせき》にずっと頭をぶつけているように、ぼくも、このふたつの言葉《ことば》に頭をぶつけているみたいだった。

「逃《に》げる」

「残《のこ》る」

どっちにすればいいかわからなくて、母さんのことを考えた。母さんは、いっしょうけんめい、やり直したって言ってた。それなら今度《こんど》はぼくの番――。そのとき、ドアがバタンと閉《し》まって、バスは、ガタンガタンと線路《せんろ》を越《こ》えた。体が前のめりになるほどゆれた。ぼくは、止めていた息《いき》をはいて、新しく息《いき》を吸《す》い直した。

するとまた、母さんがどこかへ連《つ》れていかれたらどうしようと、心配《しんぱい》になってきた。母さんのことを考えたおかげで、ぼくはバスから飛《と》びおりて逃《に》げ出すなんて、ばかなことをやらずにすんだ。なのに、母さんが連《つ》れていかれちゃったら、ほんとうにどうしたらいいんだろう。

バスは、古いレンガ造《づく》りの大きな家の前で停車《ていしゃ》した。男の子が立っている。運転手《うんてんしゅ》が聞いた。

「センターであずかる子かい？」

「だからなんだってんだよ」男の子は言い返した。

なんでこんなにふきげんなんだろう。どかどかと音をたてて、バスに乗《の》りこんできたその子を見ると、ぼくと同じくらいの年だ。ぼくは目をつむった。なんだか悲しくなって、見たくなかった。

バスがとまったので、目を開《あ》けた。目の前に、新しい白いビルがあった。銀行《ぎんこう》か、おしゃれな会社みたいに、窓《まど》ガラスは黒っぽくて、かべには金属《きんぞく》の文字がキラキラと光っている。

〈ランカスター郡《ぐん》　特別支援《とくべつしえん》センター〉

ビルの前では、二、三人の人が待っていた。思ったより少ない。ぼくたちのバスは、予定《よてい》よりおくれて着《つ》いたのかもしれない。

「またな」

チャーリーはそう言うと、足を使《つか》ってカバンを引きよせ、ちっちゃい手でつかんだ。そしてバスをおり、ビルの大きな自動《じどう》ドアを走りぬけていった。メイとジューンもあとに続《つづ》いた。ぼくがそのあとからバスをおりると、背の高い大きな男の人が近づいてきた。白いワイシャツに、しまもようのネクタイをして、カーキ色のズボンをはいている。

「ジョーイ・ピグザくんかな？」

「うん」

「ぼくは、きみのカウンセラーのエド・バンネスです。バンネス先生なんて呼《よ》ばなくても、エド先生でいいからね。だいたいみんな、そう呼《よ》んでるから」

ぼくは言った。

「ちょっと話したいことがあるんだけど……」

エド先生は、自動《じどう》ドアを通って、ぼくを中へ案内《あんない》しながら言った。

「じゃあ、ぼくがこのセンターの説明をしてからね。ここは、きみの行ってた学校とはちがうから。先に言っておくけど、きみがここに来たのは、まえの学校のみんなが、きみのことをきらいになったからじゃないからね。それから、ここは罰《ばつ》を受《う》ける場所《ばしょ》でもないんだよ」

「うそだ」

ぼくはそう言うと、目の前のスロープをひっしでよじのぼっている子を指《さ》した。その子の手足は、パイプ洗《あら》い用のブラシをねじ曲《ま》げたみたいなかっこうで、金属製《きんぞくせい》の装具《そうぐ》をつけて、とてもつらそうにスロープをよじのぼっている。エド先生は、その子に手をふって声をかけた。

「おお、ジェイソン！　がんばってるな！」

ジェイソンは、にっと笑《わら》うと、頭をかたむけて何か言った。ぼくには、「あぐあぐ」としか聞こえなかった。エド先生はぼくに言った。

「ジェイソンはすごい子だよ。あの子にとっては、あそこのスロープをのぼるのは、ぼくたちがエベレストにのぼるようなものなんだよ」

「ねえ、話したいことがあるんだってば」

「ちょっと待《ま》って」エド先生は、ぼくをエレベーターに乗《の》せた。「最初《さいしょ》に、センターの中を全部案内《あんない》しておきたいから。ここは、助《たす》けが必要《ひつよう》なときには、いつでも来ていいところなんだ。きみは、必要《ひつよう》なことをきちんと身につけたら、出て行っていいんだよ。きみの場合、最低《さいてい》六週間ここに通《かよ》うことになるね。人にけがをさせてしまったから」

「わざとじゃないよ！」

「うん、わかってるよ。でも、もう、ああいう事故《じこ》は起《お》こしてほしくないからさ。事故《じこ》を起こさないですむ方法をおぼえてから、学校にもどろうね。きみが、このセンターにしょっちゅう送《おく》られてくるようになったら、ぼくらがきちんと教えなかったたってことになるだろう？　だから、正直《しょうじき》な話、きみみたいに、ここに来たくないっていう子こそ、ぼくらにとってはありがたいんだ」

ぼくは言いたいことで頭がいっぱいで、先生の言うことはもう、ほとんど聞いていなかった。

「バスの運転手《うんてんしゅ》が、ぼくのこと『あずかる』って言った」

「それはまちがいだよ」

「母さんに会いたい」

「まだ、ちょっと待《ま》って。先にやらなくちゃいけないことがあるから。きみを助けてくれる人たちに紹介《しょうかい》したいし」

「そのあと、母さんに会える？」

「電話ならできるよ。約束《やくそく》する」

大きなブザーの音がして、エレベーターのとびらが開《ひら》いた。目の前には、広くて明るいろうかがあって、その両側《りょうがわ》に教室らしい部屋《へや》がならんでいる。それなのに、学校というよりは病院《びょういん》みたいに見える。薬《くすり》のにおいがするからかな。つきあたりのかべ側《がわ》には、目の見えない子たちがいた。一列《いちれつ》にならんで、かたほうの手でかべに取りつけられたロープにつかまり、もうかたほうの手には白いつえを持《も》って、つえで床《ゆか》をたたきながら歩いている。見わたすと、車イスの子もいる。本を持って歩いていて、どこが悪《わる》いのかわからないような子もいる。それから、見るからにふつうの学校には行けそうにない子たちもいる。

ぼくは思わず、じろじろ見てしまった。そしたらエド先生が、ほかの子はきみのことをどう思うかなって聞いてきた。

「なんとも思わないんじゃない？　ふつうに見えるから」

「じゃあ、みんな、きみはどこが悪《わる》いんだろうって、考えてるかもしれないね」

「うん。でも、きっとわかんないよ」

エド先生は、急にちがう話をはじめた。

「けさは薬《くすり》を飲《の》んできた？」

「うん」

「朝ごはんは？　食べた？」

「ううん。朝は、あんまりおなかがすかないから。でもそのあと、牛をまるごと食べられそうなくらい、おなかがすいてくるよ」

「じゃあ、その話からしようかな。あんまりおなかがすいていないときでも、ちゃんと食べるようにしないといけないよ。毎日お風呂《ふろ》に入るとき、いちいち、今日はほんとうにお風呂《ふろ》に入る必要《ひつよう》があるかな、なんて考えないで、とりあえず入ってしまうのと同じだ」

「ぼく、毎日お風呂《ふろ》になんか入らないよ。これって、だめ？」

「だめじゃあないよ。きみがだめかどうかって話をしてるんじゃないんだよ。このセンターはね、きみをよくするためにあるんだから……」

エド先生は両手《りょうて》を広げて、まわりをぐるっと指《さ》して見せた。

「ぼくは、だめなことばっかりやってたから、ここに来させられたんだよ」

「だめなことをしないでやっていけるようになったら、ここを出ていけばいいんだよ」

エド先生は、返事《へんじ》を全部暗記《ぜんぶあんき》してるみたいに、ぽんぽんと言い返《かえ》してくる。そのあと、先生の部屋《へや》に連《つ》れていかれた。部屋《へや》のカギを開《あ》けて中に入ると、ぼくは言った。

「トイレに行きたいんだけど」

「どうぞ」

エド先生は、入ってきたのとは反対側《はんたいがわ》のドアを指《さ》した。

ほんとうに行きたかったわけじゃない。ちょっとひとりになりたかっただけ。だからトイレでは、水だけ流《なが》した。特別支援《とくべつしえん》センターは、悪《わる》い子のための「ろうや」みたいなところだと思っていたから、すごくドキドキしてたけど、そんなにひどいところじゃないらしい。だれかになぐられて、おしおきされるようなこともなさそうだ。エド先生だって、想像《そうぞう》してたほどこわくない。

クリニックに薬《くすり》をもらいに行って、ぼくにはどこか、おかしいところがあるって言われたときのほうが、もっとこわかった。自分ではちゃんといい子にしているつもりなのに、ぼくの中では、何かがシロアリみたいに、ぼくの心をこわしつづけている、と気づいたときのおそろしさ。いまは、自分がいちばんこわい。

もう一度《いちど》水を流《なが》してトイレを出ると、先生に言ってみた。

「うちのおばあちゃんは、ぼくがよくなる方法《ほうほう》なんてないって言ってたよ。家族全員《かぞくぜんいん》がおかしいから、何をやってもだめだって」

「おばあちゃん、ほんとうは、きっといい人なんだろうね」

「ぼくのこと、冷蔵庫《れいぞうこ》に入れようとした」また、とつぜん言ってしまった。

「いい人だって、まちがえることはあるさ。きみは、よくなるよ。これから、いろいろとたしかめていくからね。薬《くすり》がきみに合っているか、薬《くすり》の量《りょう》はぴったりか、全部《ぜんぶ》たしかめていくよ。自分に自信《じしん》が持てるようにしていこうな。勉強にもついていけるようにしよう。きみもぼくも、『ジョーイ・ピグザは、もうだいじょうぶ』って言えるようにね。そうなったら、まえの学校にもどろう」

「犬を飼《か》ってもだいじょうぶ？」

エド先生は笑《わら》って言った。

「それはすごくいいと思うよ。世話《せわ》のしかたはわかる？」

「ううん」

「犬の世話《せわ》ができるようになれば、自分で自分のこともできるようになるよ」

「おばあちゃんは、ぼくには犬の血《ち》がまじってるって言ってた」

「きみのおばあさんに、ぜひ会ってみたいなあ」

「うーん、むり。排水溝《はいすいこう》に落《お》ちて、流《なが》されちゃったから」

エド先生はおどろいた顔をし、笑《わら》って聞いた。

「ほんとうかい?」

「ううん、おばあちゃんは、父さんとピッツバーグにいるんだ。ねえ、母さんに電話していい?」

エド先生は、電話をこっちに向けてくれた。ぼくは美容室《びようしつ》の番号にかけた。受付《うけつけ》のティファニーが出て、「〈美女《びじょ》と野獣《やじゅう》〉美容室《びようしつ》でございます」と言った。

「ジョーイだけど、母さんいる?」

「いま、お客《きゃく》さま。何か伝《つた》えておく?」

「またかける」

ぼくは電話を切ると、すぐにもう一度《いちど》かけた。ティファニーが母さんを出してくれるまで、いつも、こうやって何度《なんど》でもかける。

「まだお客《きゃく》さまのお相手してるわ。ねえ、ジョーイ、こうやってすぐにかけ直しちゃいけないって、まえにも言ったわよね。一度《いちど》切ったら、しばらくしてからかけてちょうだい」

すぐに切って、またかけようとしたら、今度《こんど》はエド先生に切られてしまった。

「ジョーイ、ちょっと大切《たいせつ》な話があるんだ」

おしりのあたりが、むずむずしてきた。

「それは、あとにしてチョーダイ！」

エド先生が言った。

「きみがここに来たのは、ちゃんとわけがあるんだよ。わかりやすく言うと、きみは学校で、ほかの子にけがをさせてしまっただろう？　だから、もう二度《にど》と人にけがをさせたりしないって、みんなが安心できるようにならないと、学校にはもどれないんだよ。ここが、すごくかんじんなところだからね。いいかい？」

「ハワード先生が、あんなウサギスリッパなんかはかせなければ、つまずかないですんだのに。そしたら、マリアの鼻《はな》だって切らなかったし……」

「スリッパのせいじゃないんだよ、ジョーイ」

「じゃ、何のせい？」

「きみが、つぎにすることを決めるときの考え方に、ちょっと問題《もんだい》があるんだ」

「どういうこと？」

「このまえ、えんぴつけずりで指《ゆび》をけずったんだろう？　それから、カギを飲《の》んだ。社会見学でおかしくなった。わかるかな？　きみはね、自分自身があとですごくこまるようなことでも、どんどんやってしまうんだよ」

「薬《くすり》が悪《わる》いんだよ。朝しか効《き》かないんだもん。お昼のあと、切れちゃうし」

「薬《くすり》は、もっといいのに変《か》えよう。でもね、薬《くすり》なんかよりもっと大切《たいせつ》なのは、正しい考え方をおぼえることなんだよ」

「母さんと話す！」

ぼくは、受話器《じゅわき》を持ちあげて番号《ばんごう》をおした。でもエド先生が、また切ってしまった。

「きみだけでなく、きみの家の中のことも、よくしていく必要があるかもしれないんだ。ジョーイ、ちゃんと聞いて。きみの生活を、すっかり見直していかなくちゃだめなんだよ」

11　ギアチェンジ

ポーチにこしかけて、オレンジ色のナーフ*ボールを玄関《げんかん》のドアに投《な》げつける。もう、一時間くらいたったかな。中に入れないわけじゃない。母さんを待《ま》ってるだけ。

母さんが、五軒《けん》むこうのクィーン通りの角を曲《ま》がってくるのが見えた。それでも、ボールを投《な》げつづける。ますます強く。そして、母さんが家の前の歩道にさしかかったしゅんかん、ぼくは母さんのほうを向いて、一気《いっき》に大声でわめいた。

「あいつが言ってた！　家の中のことも全部《ぜんぶ》直さなくっちゃだめで、ぼくは、そのうちのひとつなんだって。マリアの鼻《はな》を切ったのは、母さんじゃなくてぼくだって言ってやったよ。問題《もんだい》は、マリアの鼻《はな》じゃないんだって。ぼくの考え方なんだって。薬《くすり》が効《き》かないって言ったら、いまかかっているお医者《いしゃ》さんはだれかって。知らないって言った。おばあちゃんといたときより、母さんといるほうがずっといいって話した。特別支援《とくべつしえん》センターは、ぼくのこと、もっとよくしてくれ

＊　スポンジ状《じょう》の、軽くてやわらかいゴムでできたボール。

るって。何がなんだか、よくわかんない！」

「落《お》ちついて。大声出さなくていいから。自分の髪《かみ》の毛ひっぱるの、やめなさい。ぬけちゃうでしょ」母さんは、あたりをぐるりと見まわして、近所《きんじょ》の人が聞いていないか、たしかめた。「中に入って薬《くすり》を飲《の》んでから、ちゃんと話そう。ねえ、あいつってだれ？」

「エド先生」

「ああ、あの人か」母さんは、ぼそっと言った。

家の中に入っても、ぼくはしゃべりつづけた。でも、母さんは聞いていないみたいだった。

「何これ！　家じゅうぐちゃぐちゃじゃない。何してたの？」

「興奮《こうふん》してた。バスの運転手《うんてんしゅ》が、ぼくのことあずかるって言ったから、母さんがどこかに連《つ》れていかれちゃったのかと思ったんだからね！　ぼく、マリアにあんなことしちゃったから。母さんの店に電話しても、出てくれないし。何度《なんど》電話しても、ティファニーが、母さんは電話に出られないって言うし。母さんが、ぼくのかわりに逮捕《たいほ》されたと思ったんだからね！　だけどさ、考えてたらさ、母さんはぼくがいやになって、また、逃《に》げ出したのかもって思っちゃってさ。エド先生にもそう話したら、家の中のこともいろいろ直さなくちゃいけないって言われた」

「薬《くすり》をさがして、家じゅうぐちゃぐちゃにしないって約束《やくそく》したでしょう？」

「だって今日、最悪《さいあく》だったんだもん」

「ジョーイだけじゃなく、みーんな、最悪《さいあく》の日だったわよ。そんなの、平気《へいき》になってちょうだい」

母さんはバッグを取《と》って、中からぼくの薬《くすり》のビンを出すと、ビンをふって手のひらに一錠《じょう》出し、話しながら、薬《くすり》をぼくのくちびるのあいだにはさんだ。

「連絡先《れんらくさき》の電話番号《ばんごう》を伝《つた》えておいてくれれば、こっちから電話したのに」

母さんが、流《なが》しの下からアマレットを出した。ぼくは薬《くすり》を飲《の》みこんで、母さんのために冷蔵庫《れいぞうこ》へマウンテンデューを取《と》りに行った。母さんが自分で飲《の》みものを作ったので、ぼくは赤いチェリーをひとつ入れてあげた。ひと息《いき》ついてから、母さんがまた口を開《ひら》いた。

「で、母さんが悪《わる》いって言われたわけ?」

「母さんにおいていかれたあと、どんな気持《きも》ちだったか聞かれた」

「おばあちゃんがいたでしょう?」

「おばあちゃん、いじわるだったもん。それもエド先生に言った」

「ほかに、何、話したの?」

「父さんのこと」

「それから?」

「毎日のこと。起《お》きてから寝《ね》るまでのこと、ぜーんぶ」

「母さんがジョーイのこと、すごく大切《たいせつ》にしてるって言った？　毎日美容院《びよういん》で働《はたら》いて、お客《きゃく》が、うちの子はほんとうによくできるとか自慢《じまん》するのを聞かされて、すごく気分悪《わる》くしてるって、言った？　だいたい、かんぺきな人間なんているわけないんだから、あいつらの子どもだって、悪《わる》いところなんていくらでもあるはずなのよ。それなのに、ジョーイみたいな子や、母さんみたいな親を見くだしたいもんだから、自分たちの子どもはすごくいい子です、みたいな顔してさ」

母さんは、もう一杯《ぱい》アマレットサワーを作りに台所《だいどころ》へ行った。

「母さんが二杯飲《はいの》むなら、ぼくも薬《くすり》、二錠飲《じょうの》んでいい？」

「いいわけないでしょ。まったく、知らないやつらに家のこと、話さないでほしいもんだわ」

「だって、エド先生が、助《たす》けてくれるって言ったんだもん。もっとひどくならないうちに、治《なお》そうって」

「そりゃ、いい考えだ。文句《もんく》のつけようがないね。エド先生だって、これからいろいろ悪《わる》くなることがあるかもよって、言ってやったら？」

母さんは、ぼくの目の前で、水のようにアマレットサワーを飲《の》み干《ほ》して、もう一杯《ぱい》作った。そのあと、少し落《お》ちついて言った。

「やっぱり言わなくていい。今日は母さんも最悪《さいあく》だったわよ。一日じゅうジョーイのこと考えて、心配《しんぱい》して。あんたがセンターで話したこと、考えれば考えるほどはずかしいわ。あんたのためにこのうちにもどってきたけど、もどってきただけじゃだめなのよね。頭の上に、雨よけの屋根《やね》を作るだけじゃだめってことよ。頭の中が問題《もんだい》なんだから。ね？」

「うん。今日、栄養士《えいようし》さんとも話したら、ぼくの食べるものも、いまのままじゃだめだって」

　母さんは、またいらいらしはじめた。

「あーあ、栄養士《えいようし》には、何を話したの？」

「ええと、好きなものは、チョコドーナツと冷凍《れいとう》のポテトナゲットとナチョス＊だって。それから、母さんは、ぼくがきらいなものはぜったいむりやり食べさせせないって」

「それのどこが悪《わる》いって？」

「野菜《やさい》と穀物《こくもつ》を食べなきゃだめって。あと、ビタミンを飲《の》んでるか、聞かれた。朝は毎日、リーセズのピーナツバター入りチョコを食べてるって言った。母さんが、ピーナツバターは体にいいって言ってるって」

「もう一杯《ぱい》飲《の》もう……」

「エド先生が、母さんはお酒《さけ》を飲《の》むか聞いたよ」

　母さんは、アマレットのビンをつかんだまま、きつい調子《ちょうし》で言った。

「なんて答えたの!?」

＊　トウモロコシの粉で作ったチップスにチーズなどをのせ、オーブンであたためて食べるスナック。

「飲《の》むって。だって飲《の》むじゃん」ぼくは、母さんが持《も》っているビンを指《ゆび》さして言った。「ほら。だってさ、エド先生が、ほんとうのこと話さなかったら、よくならないって言ったもん」

「母さんもね、今日、バンネス先生と話したよ」母さんは言いながら、四杯目《はいめ》のお酒《さけ》を作った。

「同じ人だ。その人がエド先生」

「知ってる。あんたが帰ったあと、電話してきた」

「なんて言ってた？」

「教えない。そこが、母さんとあんたのちがうとこね。母さんは、だまってるってことができるから」

「ぼく、話すの止められない」

「がんばってやってみなさいよ」

「母さんだって、飲《の》まないようにがんばってやってみてよ」

「なんで、あんたと足のひっぱりあいになるわけ？　なんでこうなっちゃうのよ」

「ぼくに、なんでって聞かないで！」

ぼくは、聞こえないように指《ゆび》で耳をふさいだ。母さんは、ぼくの手をはらいのけた。

「あんたって、ときどきほんとうに腹《はら》がたつのよね。父さんを追《お》っかけまわしてるほうが、あんたを追《お》っかけまわすより、よっぽどらくだったって思うことがあるわ」

「でも、父さんよりぼくのほうが大切《たいせつ》だって、自分で言ったじゃない」

「ほんとうに口がへらないんだから」母さんがぶつぶつ言った。

ぼくはうーんと目を細めて、にっこり笑《わら》ってみせた。ハロウィンのときのカボチャおばけみたいな顔。母さんが言った。

「よおーし、お酒もいっぱい飲んじゃったし、悪《わる》いことやりついでだ。ピザ頼《たの》もう」

「トッピングに野菜《やさい》入れてくれる？　約束《やくそく》したんだ、もっと野菜《やさい》食べるって」

「わかった。どんな野菜《やさい》？　マッシュルームとピーマンとオニオンでいい？」

「葉《は》っぱの野菜も」

「あのね、葉《は》っぱののったピザはないの。葉《は》っぱなんて、ピザとは正反対の食べもの。葉《は》っぱはウサギが食《た》べるもので、ピザは、チーズやソーセージやサラミが好《す》きな人間が食《た》べるもの。つまり、あたしたちの食《た》べものってこと」


つぎの朝、ぼくはポーチにこしかけて、まえの日の残《のこ》りのエクストラチーズと野菜《やさい》のピザを食べながら、バスを待《ま》っていた。すると、マクシー先生の車が近づいてきて、先生がこっちに手をふるのが見えた。笑《わら》ってる！　よかった。笑《わら》ってなかったら、家に逃《に》げこんで、ドアにカギをかけてたかもしれない。

先生は、茶色の紙袋《かみぶくろ》とハンドバッグをかかえて車からおりると、ポーチの段《だん》をのぼってきて聞いた。

「元気にしてる?」

「まあまあ。まえよりも、ちゃんと野菜《やさい》を食べるようにしてる。ピザ食べる?」

「ううん、いいわ」先生は、母さんがよくやるみたいに首を横にふった。「みんな、ジョーイのこと心配《しんぱい》してるわよ」

ぼくは、とってもうれしくなった。ピザを食べるより、ずっとうれしい。

「ぼくもみんなのこと忘れてないよ。また、もとの学校にもどるからね。まえにも言ったよね」

「ええ、少しずつよくして、きっともどってきてね」

つぎの質問《しつもん》をするのには、勇気《ゆうき》がいった。

「マリアは元気? ぼく、家にあやまりに行ったんだけど、お父さんに追《お》い返《かえ》されちゃった」

「マリアは、学校やめたの。ご家族《かぞく》が、校則《こうそく》の厳《きび》しい私立の学校に転校させたのよ」

「特別支援《とくべつしえん》センターにも、私立の学校から来てる子がいるよ。制服着《せいふくき》てたから、すぐわかった」

「そう。先生たち、マリアのご両親《りょうしん》に言ったのよ、事故《じこ》はどこでも起《お》きるって。それでもやっぱり、マリアのことが心配《しんぱい》でたまらなかったみたい」

「どうしてあんなことになっちゃったんだろう……」

「先生たちも、同じように思ってるわ。でもいまは乗《の》りこえて、前進《ぜんしん》あるのみ。ねえ、ジョーイに持ってきたものがあるの」

先生は、紙袋《かみぶくろ》からファイルを出して、算数、国語、地理、歴史《れきし》、理科のプリントを見せた。

「これを、お母さんといっしょにやっておいて。そうすれば、あと二、三週間は、授業《じゅぎょう》におくれないですむから。学校にもどってきたときに、ついてこられるように、これからもときどき宿《しゅく》題《だい》を持ってくるわね」

「ぼく、あと六週間で、もとの学校にもどれるってこと？」

「そのへんは、先生にはわからないけど。でも、バンネス先生から連絡《れんらく》があって、ジョーイが学校にもどったときに、すぐについていけるように宿題《しゅくだい》を出してあげてくださいって言われたの」

先生が帰ろうとしたとき、ぼくは言った。

「こんなことになっちゃって、ぼく、くやしくてたまらない」

「わかるわ。先生たちだって同じ気持《きも》ちよ。でも、くよくよしてても、はじまらないわ。ギアを入れかえて、もう二度《にど》とあんなことが起《お》こらないようにしましょう」

「何ひとつ、うまくできなくて、くやしくてたまらない」

ぼくは先生のほうに両うでをつき出した。先生は、ぼくをぎゅっとだきしめてくれた。よかった。先生から手を離《はな》しながら言った。

「ギアを入れかえて、こんなこと、二度《にど》と起《お》きないようにする」

「そうね。そうしましょう」先生は、ハンドバッグから、金の星のシールのシートを取《と》り出すと、星をひとつはがして、ぼくのおでこに貼《は》ってくれた。

「ギアチェンジしたしるしよ」

ぼくは、そっと星に手をやって、とがった先が五つあるのをたしかめた。宿題《しゅくだい》の科目《かもく》の数と同じだけ、とんがりがある。

「母さんがね、ぼくがよくなったら、犬を買ってくれるって」

「まあ、すてき。さて、行かなくちゃ。わたしがおくれると、クラスが大さわぎになるの、知ってるでしょう?」

うん、ちゃんと知ってるよ。

車にもどろうと、段《だん》をおりていく先生を見送《みおく》っていたら、先生の背中《せなか》の、ぼくがだきついたあたりに、手の形に赤いピザソースがついていた。ぼくは、ピザを頭の上でふってさけんだ。

「マクシー先生!」

ぼくがピザのソースのことを話すまえに、先生が言った。

「お昼は持《も》ってきてるの。ありがとう」

先生が行ってしまうと、ぼくは大急《おおいそ》ぎでズボンで手をふいて、先生が持《も》ってきてくれた宿題《しゅくだい》を家の中に投《な》げ入《い》れた。

すぐに、特別支援《とくべつしえん》センターのバスがやってきた。乗《の》りこむと、チャーリーがぼくを見て、「ここにすわれよ」と言い、昨日みたいに、頭でとなりの席を指《さ》した。ぼくは聞いてみた。

「ピザ食べる？」

「うん」

チャーリーの口のところにピザを持《も》っていくと、チャーリーはひと口食べた。ぼくは言った。

「気をつけてね。ちょっとぐちゃぐちゃしてるから」


この日は、たいへんな一日だった。あんまり調子《ちょうし》がよくなかった。お医者《いしゃ》さんに見てもらうことになっていたから、興奮《こうふん》したんだと思う。朝、ちゃんと薬《くすり》は飲《の》んだけど、勉強《べんきょう》の時間には、落ちついていられなかった。読み方の先生は、絵本を読みなさいと言った。絵があるから、わからない言葉が出てきても、絵で意味《いみ》がわかるからって。でも、どうしてもじっとして読んではいられなかった。算数のドリルもできなかった。お医者《いしゃ》さんのことで頭がいっぱいで、先生の言ってることが頭に入らない。休み時間は、少し、ましだった。ブランコをこいでいる子たちが、行ったり来たりゆれるのに合わせて、ブランコをかわしながら、まわりを走って遊んだ。

そしていよいよ、診察《しんさつ》を受けるときが来た。小さな診察室《しんさつしつ》に入り、エド先生とならんですわった。先生は、うで時計を見ている。ぼくのとなりには、おもしろそうなものがたくさんつまったキャビネットがあった。ぼくは、キャビネットのガラス戸を開《あ》けて、バンドエイドの箱を取《と》り出した。エド先生が言った。

「ジョーイ、もどしなさい」

「見てみただけだよ。そのくらい、いいじゃない」

エド先生は、お医者《いしゃ》さんになったふりをして言った。

「待《ま》っているあいだに、だいじなことをお話ししたほうが、よさそうですね」

「うん、おばあちゃんもいつも言ってた。くだらないことで時間をむだにするなって」

「いいかい、お医者《いしゃ》さんは、ジョーイの体と薬《くすり》のめんどうを見る。ぼくは、ジョーイがきちんとした行《おこな》いができるように、いっしょに考える。ぼくとお医者《いしゃ》さんで、チームを組むんだ。お医者《いしゃ》さんが、ジョーイにぴったりの薬《くすり》を見つけてくれるから、そうしたら、あとはジョーイとぼくでがんばる」

「ぼくは、センターに来てから、ちゃんとしてるよ。ひとつも悪《わる》いことしてないもん」

「うん、よくがんばってる。でもね、悪《わる》いことが起《お》きなければ終《お》わりってことじゃないんだ。悪《わる》い方向に行かない道を、自分で選べるようにならなくちゃいけないんだよ」

「どういうこと？」

「たとえば、このバンドエイド」エド先生は、キャビネットを指《さ》して言った。「もし、いまここでジョーイを二、三分ひとりにしたら、バンドエイドをどうすると思う?」

「どうもしない」

「ほんとかい?」

「ほんと」

「じゃあ、ためしてみよう」エド先生は立ちあがった。「ぼくはろうかに出ているからね」

ドアが閉《し》まったとたん、ぼくはバンドエイドを取《と》って包《つつ》み紙《がみ》をやぶり、T《ティー》シャツをめくって、胸《むね》やおなかにベタベタ貼《は》りはじめた。二十枚《まい》くらい貼《は》ったとき、ろうかから、「先生、おはようございます」というエド先生の声が聞こえてきた。ぼくは、大急《おおいそ》ぎで包《つつ》み紙《がみ》をカーテンのうしろの窓《まど》のレールのところにねじこんでかくし、T《ティー》シャツをおろしておなかをしまい、イスにすわった。

ドアが開《あ》いて、男のお医者《いしゃ》さんが急《いそ》ぎ足《あし》で入ってきて言った。

「プレストンです。わたしのせいで、お待《ま》たせしたね」

このひとことで、ぼくはこの先生が好きになった。何かよくないことが起《お》きたとき、「ぼくのせい」じゃないなんて、はじめてだ。

先生は、カバンを机《つくえ》において上着《うわぎ》をぬぐと、「お母さんは、いらしてないのかな?」と言って、最初《さいしょ》にぼくを見て、それから、ぼくのとなりにすわったエド先生を見た。エド先生が答えた。

「今日は都合《つごう》がつかないそうです。でも、今日のことは話してありますし、これからも、お母さんには、わたしがきちんと報告《ほうこく》をしていきますので」

先生は口をすぼめて、「そうですか」と、そっけなく言った。ほんとうは、「だめじゃないか」って言いたいみたいだった。ぼくの人生は全部《ぜんぶ》だめで、それは母さんのせいで、どうしてかって言うと、母さんが今日ここに来なかったからで、ここに来なかったのは、ぼくのことを大《たい》切《せつ》に思っていないからだ、と考えているのかもしれない。

「さて」プレストン先生はやさしい顔になった。そして、カバンの中からぼくのファイルを出した。「今日は、まず、きみのことをかんたんに診察《しんさつ》させてもらうよ。そのあと、検査《けんさ》。何もこわがることはないからね。少し血《ち》を採《と》って、それから、紙コップにおしっこをするだけだ」

そんなにたいへんじゃなさそう。

「もっとたいへんだったことあるよ。おばあちゃんと長いことバスに乗《の》ったときは、コーラのビンにおしっこさせられた」

「ようすが目にうかぶね」

そう言いながら、プレストン先生は、まるでぼくのおなかを切《き》り開《ひら》いて内臓《ないぞう》をひとつひとつ見るように、ファイルを開《ひら》いて、中の書類を一枚一枚読んでいった。しばらくして顔を上げると、深《ふか》く息《いき》を吸《す》ってから話しだした。

「きみは、頭がよくていい子のようだから、簡単《かんたん》な話もむずかしい話も、正直《しょうじき》にさせてもらうよ。まず、いまきみが飲《の》んでいる薬《くすり》は、あまり効《き》いていないと思う。もっといい薬《くすり》を飲《の》めば、きみの集中力《しゅうちゅうりょく》はまだまだのばせると思うんだ。ただ、ぴったりの薬《くすり》をさがしあてるのがむずかしい。学校や病院《びょういん》からの報告《ほうこく》や問診《もんしん》の結果を、いま読ませてもらったから、きみの行動《こうどう》はだいたいわかった。じっとすわっていられないとか、集中《しゅうちゅう》できない、作業《さぎょう》が続《つづ》けられない、といったことだね。きみももう、自分でわかっていると思うから、はっきり言わせてもらったよ。こういったきみの行動については、バンネス先生と、もう話しあったって聞いているからね」

バンネス先生だけじゃなく、いままで会った先生全員《ぜんいん》に、まるで同じことを言われてきたって言ってやりたかった。でもエド先生に、今日はお医者《いしゃ》さんが話をして、きみは聞くだけだよって言われてたから、ぼくは左ほっぺたの内側《うちがわ》をぎゅっとかんでがまんした。右ほっぺたは、このまえかんで、まだ痛《いた》かったから。

「それで、まだわかっていないことは何かというと……医学的《いがくてき》な意味《いみ》で、だよ……きみの頭の中で何が起《お》きているのか、ということなんだ。そこがわからないと、きみに合う薬《くすり》が決《き》められない。それで、こうします。まず、ピッツバーグにある子ども病院《びょういん》に行って、検査《けんさ》を受《う》けてきてもらう。いいかい？　脳《のう》スペクトという検査《けんさ》です。名前はこわいけど、脳《のう》の写真《しゃしん》を撮《と》るだけだからね。

レントゲンみたいなものだよ。でもカラーで、もっと細かいところまでわかるんだ。少しも痛《いた》くないからね」

「ぼくは、脳《のう》がおかしいの？　このセンターにも脳《のう》の病気《びょうき》の人がたくさんいるけど、そういう人は見た感《かん》じもおかしいし、動《うご》き方もおかしいよ」

エド先生が口をはさんだ。

「プレストン先生がおっしゃってるのは、ジョーイにぴったりの薬《くすり》を、ぴったりの分量《ぶんりょう》出せるように、まず、ほかに悪《わる》いところがないかどうか調べておきたいということだよ」

「そのとおり」プレストン先生が言った。

「母さんもいっしょに行っていいの？」

「もちろん。というより、いっしょに行ってもらわないとこまる」

「母さん、仕事《しごと》休めないと思うよ」ぼくはエド先生を見た。「仕事《しごと》たくさんあるもん」

「だいじょうぶ、心配《しんぱい》ないさ」

プレストン先生は、ポケットから聴診器《ちょうしんき》を取《と》り出して言った。「さて、ちょっと、心臓《しんぞう》の音を聞かせてくれるかな。ここにすわって」

そして、紙のシートがしかれた診察台《しんさつだい》のはしを、ぽんぽんとたたいた。ぼくはエド先生に、バンドエイドのことを話そうと思った。でもエド先生を見たら、まるでじまんの息子を見るみたいに、ぼくのことを信用《しんよう》しきったようすで見ているから、そのまま診察台《しんさつだい》に上がってすわった。

プレストン先生は、ぼくのシャツをめくったとたん、ひどく心配《しんぱい》そうな顔になり、さっとシャツをおろしてしまった。そして、真剣《しんけん》な声で言った。

「バンネス先生、ちょっとろうかでお話したいことが……」

ふたりが外に出ていくと、ぼくは大あわてでバンドエイドをはがしはじめた。でも、先生たちがもどってくるまでにはがせたのは、三つくらいだった。エド先生が、すごくこわい声で言った。

「ジョーイ。プレストン先生に、何をしたのか、ちゃんと話しなさい」

ぼくは先生を見た。うしろには、プレストン先生が立っている。

「かっこいいからおなかにバンドエイドを貼《は》ってみたの。べつにいいでしょ」

エド先生は、声の調子《ちょうし》を変《か》えずに言った。

「プレストン先生は、きみが暴力《ぼうりょく》を受けているんじゃないかと思ってらっしゃるんだよ」

「ぜんぜんちがうよ！　むかし、おばあちゃんにハエたたきでぶたれたことがあるだけだよ」

それでプレストン先生はもう一度診察《しんさつ》をはじめ、最後《さいご》にエド先生のほうを向《む》いて言った。

「診察《しんさつ》はこれで終《お》わりです。あとは、看護師《かんごし》が血液検査《けつえきけんさ》と尿検査《にょうけんさ》の準備《じゅんび》をしますから、それを受《う》けさせてください」先生は、机《つくえ》のほうへ向《む》き直って、カバンを閉《と》じた。「ジョーイ、ゆっくりと話せなくてすまないね。でも、すべての検査結果《けんさけっか》が出るまでは、薬《くすり》は決《き》められないんだ。いろいろな薬《くすり》があるから、慎重《しんちょう》に選《えら》びたいんだよ」

ぼくが立ちあがると、先生は、ぼくとあくしゅした。ぼくは、先生の目をまっすぐに見た。母さんが、目を見れば、うそをついているかどうかわかると言ってるから。

「ぼく、治《なお》る？」

先生の目は、ぼくをしっかり見ていた。きょろきょろしたり、まばたきしたり、ぐるぐるまわったり、時計やドアを見たりしてはいない。

「だいじょうぶだと思うよ。いまの薬《くすり》はよくないけれどね。行動《こうどう》もよくはない。でも、このふたつは、治《なお》ると思う。脳《のう》にも、問題《もんだい》はないと思うよ。きみは、これまでさんざん戦《たたか》ってきたから、いまは、くたくたになっているところなんだよ。脳《のう》に大きな問題《もんだい》があれば、そんなことはできなかったはずなんだ。だいじょうぶだってことをたしかめるために、検査《けんさ》をするんだよ」

「自分の脳《のう》のこと、わかっていないとこまるから、聞いたの。母さんだって知りたがるだろうし」

エド先生が立ちあがって、プレストン先生に言った。

「このあとの検査《けんさ》は、わたしが立ちあいます。結果《けっか》はご報告《ほうこく》しますから」

「それじゃあ、また。検査結果《けんさけっか》が全部《ぜんぶ》出たら、会いましょう」

そう言うと、プレストン先生はドアを開《あ》けて出ていった。ろうかを遠ざかっていく先生のくつ音が聞こえた。

ぼくは、プレストン先生がさっきまで立っていたところに向《む》かって、手をふりつづけていた。急《きゅう》に二歳児《さいじ》になって、「こんにちは」も「さようなら」もわからなくて、自分が来たところなのか、帰るところなのかもわからないまま、とにかく手をふりつづけてるって感じ。そのまま、ずっとドアを見ていた。ふりむいたら、ぜったいエド先生にバンドエイドのことを聞かれるから。

でも、エド先生は聞かなかった。ただ、ぼくの肩《かた》に手をおいて、こう言った。

「落《お》ちついて話を聞けたじゃないか」

「そうでもないよ」

落《お》ちついていたんじゃない。いっしょうけんめい希望《きぼう》にしがみついていたんだ。母さんが言ったみたいに、いいことだけを考えて。

ほんとうは、ぼくの脳《のう》がどこか悪《わる》いのかもしれないと思うと、とてもこわい。このセンターには、脳《のう》に問題《もんだい》のある子たちがたくさんいる。こわいのは、その中の何人かは、ぼくみたいにふつうに見えるってことだ。ふつうなのに、中は、何かがおかしい。

先生に、こわいって言いたかった。でも、この言葉《ことば》は、いままでに何度《なんど》も言ってきたし、これ以上《いじょう》言ったらばかみたいだから。脳《のう》がちゃんと動《うご》いていないと思われてしまうから――。

「お母さんに電話する？」

エド先生はそう言うと、受話器《じゅわき》を取《と》った。ぼくが「うん」と言うまえに、もう番号《ばんごう》をおしてくれていた。

12　ピッツバーグ

　ぼくは、電話で母さんと話した。そのあとエド先生が電話を代《か》わって、明日、ピッツバーグの病院《びょういん》に行く話をした。

　夜、母さんは仕事《しごと》から帰ると、ぼくの新しいシャツとズボンを出してくれた。これを着て診察《しんさつ》してもらおうねって。母さんは、ぼくの頭の髪《かみ》のぬけたところをチェックしながら言った。

「ちゃんとしてるほうがいいから。母さんも、ちゃんとしてるときは、気分いいからね」

　つぎの朝早く、まだ暗《くら》いうちに、母さんといろいろ準備《じゅんび》した。バスに乗ってるあいだ用に、ぼくは、はき古《ふる》したジーパンとペンシルベニア州立《しゅうりつ》大学のマークのついたT《ティー》シャツを着《き》た。それから薬《くすり》を飲《の》んだ。母さんは、コーヒーを飲《の》みながらサンドイッチを作って、旅行《りょこう》カバンに入れた。呼《よ》んでおいたタクシーが来て、クラクションを鳴らした。

　タクシーで、長距離《ちょうきょり》バスのターミナルに行くと、ぼくたちが一番乗《の》りだった。

　バスの運転手《うんてんしゅ》がドアを開《あ》けるのを待《ま》って、バスに乗《の》りこんだ。スクールバスや、町の中を走るバスや、特別支援《とくべつしえん》センターのバスには乗《の》ったことがあるけど、この〈グレイハウンド〉という長《ちょう》距離《きょり》バスははじめてで、わくわくした。バスの名前が犬の種類《しゅるい》の名前だったから、なおさらわくわくした。

まだ、だれもいないから、好《す》きな席《せき》を選《えら》べる。ぼくは、いちばんうしろの、横《よこ》いっぱいにつながっている長い席《せき》にすわりたかった。でも母さんが、うしろにある銀色《ぎんいろ》の小さなドアを指《さ》して言った。

「だめよ。あそこがトイレなんだから、におってくるよ。まん中あたりがいちばんいいの」

「なんで知ってるの?」

「父さんと、むかしよくバスに乗《の》ったから知ってるのよ。ハリスバーグ、ピッツバーグ、フィラデルフィア、ボルティモア、そこらじゅう行ったの。ひとつのところに、じっとしていられない人だったからね」

「父さん、いまもピッツバーグにいると思う?」

「さあね、月にいたっておかしくない人なんだから、そんなのわかんない」

母さんは、父さんのことは話したくなさそうで、うかない声だった。

「でも、もしもさあ……」

「ジョーイ、父さんとばったり会えるかもしれないとか、へんな期待《きたい》しちゃだめ。ジョーイのこと見たって、あっちはきっと、わかんないよ」

ぼくのこと見ても、わからないかもしれないなんて考えるのは悲しい。父さんのことは、考えないことにしよう。それと、おばあちゃんのことも。ぼくの頭の中は、もうとっくに、おそろしいことでいっぱいで、ぐちゃぐちゃだった。母さんが言ったみたいに、何かいいことを考えよう。いいことをひとつ。ぼくは、バスのまどに頭をもたせかけて、眠《ねむ》ることにした。それが、いまぼくにできるいちばんいいことだった。


目を覚《さ》ますと、母さんが「おなかすいてない？」と聞いた。すいてるって言ったら、旅行《りょこう》カバンからサンドイッチを出してくれた。ぼくは、持《も》ってきていた犬の本を取り出した。

「先に宿題《しゅくだい》しなくていいの？」

母さんは、命令《めいれい》するような調子《ちょうし》で聞いた。

「母さんといっしょに食べてから。そしたら手伝《てつだ》って」

ぼくがお願《ねが》いすると、母さんは、自分のひざの上にペーパータオルを広げて、サンドイッチをのせた。

「わかった。じゃあ、あとでまじめにやってよ。マクシー先生のおっしゃったとおり、みんなからおくれないようにしないとね」

ぼくは、犬の本をパラパラとめくった。そして、チャイニーズ・クレステッドという小型犬を指《さ》して言った。

「これがいい」

「頭のてっぺんしか毛がないじゃない。トロール人形みたい」

ほんとうは、こんな犬、好《す》きじゃない。

「ぼくがほんとうにほしい犬は、これ」

そう言って、茶色のチワワを指《さ》した。

「ジョーイって名前の子犬は、のってないの？」

母さんは聞きながら、ぼくにもたれかかってキスをして、ぼくの頭の髪《かみ》のぬけてるところをこっそり見ようとした。ぼくは、頭をぐいと離《はな》して言った。

「ぼく、子犬だったこと、あるよ。母さんがいなくなってから、おばあちゃんに、母さんはいつ帰るのって何度《なんど》も聞いたの。そしたらね、ある日おばあちゃんが、『もう、今日にだって帰るかもしれないね』って言って、通りの見えるまどの下にイスをおいてね。それで、ぼくはおもちゃとぬいぐるみと本を持ってそこにすわって、待《ま》ってたんだよ。おばあちゃんが、イスからおりちゃだめって言ったから、イスの上に立ったり、ひざまずいたり、こしかけたままイスをうしろにずらしたり、馬みたいにまたがったりしながら、母さんが来ないか、ずっと通りを見てたんだよ。それで、クッキーや雑誌《ざっし》を売ったり、教会の寄付金《きふきん》を集める女の人が近づいてくると、飛《と》びあがってまどに顔をおしつけて見てたんだ。だけどさ、母さんの顔、おぼえてなかったから、見てもわからないでしょう？　だから、おばあちゃんに『あれ、ぼくの母さん？』って大声で聞いてさ……」

「ジョーイ、それって、おばあちゃんにいじめられた話？」

「うん」

「だったら、もう聞いたよ。何度《なんど》も言わないでよ。聞くのだって、つらいんだから」

それで、ぼくはだまった。でもこういう話は、一度《いちど》話しただけじゃ頭から消《き》えない。すっかり消《け》そうと思ったら、何度《なんど》も何度《なんど》も話さなくちゃならない。もし、消《き》えるなら、だけど。景色《けしき》を見ながら、エド先生のことを考えた。そして頭の中で、エド先生におばあちゃんのことを話す練習《れんしゅう》をした。まだ話してないけど、いつか話そう。

おばあちゃんは、ぼくをまどのところにすわらせて母さんを待《ま》たせるだけでなく、ほかにもいろいろなことをさせた。

「なんてざまだい。犬っころみたいな子だよ」と言っては、ぼくに犬の芸《げい》をさせた。

「ころがれ！」

おばあちゃんが命令《めいれい》すると、ぼくはかべにぶつかるまで、床《ゆか》をころがっていく。

「立て！」

おばあちゃんがさけんで手をたたくと、起《お》きあがってうでを曲《ま》げ、犬の前足みたいに顔の前ににぎった手を出す。

「わん！」

と言われてほえないと、ハエたたきでおしりをぶたれて、ペットショップじゅうの犬がほえてるみたいな悲鳴《ひめい》をあげることになる。

ひとつだけ、好《す》きな命令《めいれい》があった。

「おねだり！」

おばあちゃんが命令《めいれい》すると、ぼくは、犬が「お願《ねが》い、お願《ねが》い」ってあまえるときみたいに、クーンクーンと鳴く。おばあちゃんが、キャンディーをくれるまで鳴きつづける。おばあちゃんは、銀行《ぎんこう》で年金をおろすときに、カウンターにおいてある無料《むりょう》のキャンディーを、取《と》れるだけ取《と》ってくる。ぼくはこのキャンディーが大好《だいす》きだから、全部《ぜんぶ》もらえるまで、クーンクーンクーンクーンと鳴きつづける。

ぼくがいい子にしていないと、おばあちゃんはものすごく腹《はら》をたてて、母さんから電話がかかってきたふりをしていじめることもあった。とつぜん、受話器《じゅわき》を耳にあてて話しだすんだ。

「もしもし……え、そうかい……ああ、もちろんだよ。帰ってくるなんてうれしいじゃないか。いつだって？　今晩《こんばん》かい？　そりゃあ、ジョーイも大喜《おおよろこ》び、大喜《おおよろこ》び」

ぼくは、ほんとうに大喜《おおよろこ》びする。母さんに、「急《いそ》いでね」って言いたくて、あわてて電話のコードをひっぱって、受話器《じゅわき》を取《と》ろうとする。でも、おばあちゃんは受話器《じゅわき》をしっかりにぎったまま、空《あ》いているうででぼくをおしのけて、「なんだって？　風呂《ふろ》に入れて、もじもじ動《うご》かないようにきちんとすわらせておけって？　わかったよ、やってみるよ」とか言って、電話を切る。

ぼくはすぐに受話器《じゅわき》を取《と》って、「母さん！」ってさけぶんだけど、もう、切れていて、おばあちゃんは、「ほれ、言われたとおりにしないと、母ちゃんが、がっかりするよ」って言うんだ。

それで、ぼくはお風呂場《ふろば》に飛《と》んでいって、体が赤くなるほどごしごし洗《あら》って、ぴかぴかにきれいにして、パジャマを着《き》て、まどの下においたイスにすわる。おばあちゃんは、部屋《へや》のすみでクロスワードパズルをしながら、ぼくがぴくっとでも動《うご》いたら、すぐさま言う。

「ほーら、おまえがおとなしくすわってないから、母ちゃん、行っちゃったじゃないか。悪《わる》い子のいる家には帰りたくないって、あっちへ行っちゃったよ」

「そんなことない！」

ぼくは金切り声《かなきりごえ》をあげる。心配《しんぱい》でたまらなくなって、自分の髪《かみ》の毛をむしり取《と》る。そんなことしないほうがいいのはわかっていても、やめられない。そうすると、おばあちゃんは受話器《じゅわき》を取《と》って、「え、何？　ジョーイがばかみたいに髪《かみ》の毛をぬくのをやめるまでは、もどらないってかい？　わかったわかった、言っとくよ」そして受話器《じゅわき》をおいてぼくに言う。「ジョーイ、聞いたかい？」

もうそのころには、ぼくは泣《な》けて泣《な》けて止まらない。自分がくやしくてたまらなくなる。なんでじっとしていられないの？　なんで手をひざにおいておけないの？　って。

しばらくすると、おばあちゃんはまた、受話器《じゅわき》を取《と》って話しだす。

「明日の晩《ばん》に、また来てみてくれないかい。ああ、ありがとよ。こんな子をかわいがってくれるなんて、ありがたいことだよ。ちゃんと、まどぎわのイスにすわらせておくよ。ああ、言っとくから。見に来てみて、ちゃんとすわってたら、ドアをノックするってね」

それでつぎの晩《ばん》も、ぼくはイスにすわって、親指《おやゆび》をひねりまわしながら、母さんを待《ま》つ。女の人が通りかかるたびに、ビシッと背《せ》すじをのばして動きを止め、通《とお》りすぎてしまうと、まちがった女の人にいい子にしてたのに気づいて、ガクッとくずれる。知らない女の人に、何度《なんど》も笑《わら》って手をふっちゃったから、あるとき、ポーチで遊《あそ》んでいたら、通りかかった女の人がぼくを指《ゆび》さして、連《つ》れていた女の子に言った。

「あの子、いい子なのよ。まどから手をふってくれるの」

それでぼくは、その人にまた手をふった。女の子は、「あの子の頭、どうしたの？」と、お母さんに聞いていた。頭に穴《あな》が空《あ》いたみたいに、小さなハゲがたくさんあったからだろう。

しばらくバスのまどから外を見ながら、おばあちゃんのことや、むかしのことを考えたあと、ぼくは、つめの手入れをしている母さんを見た。

「ねえ、話してもいい？」

「何かべつの話ならね」

「わかった。あのね、どうして犬がほしいかっていうと、犬だったら、毎日までのところでぼくの帰りを待《ま》っててくれるし、ぼくも、待っててくれて偉《えら》かったねって、かわいがってあげられると思うから。母さんは、ぼくが待ってても帰ってこなかったけど、ぼくはぜったい、犬のところへ帰るからね。世話《せわ》もちゃんとする。ぼくみたいに悲しい思いをさせたくないから。もし脳《のう》の検《けん》査《さ》で悪《わる》いところがなかったら、お祝《いわ》いに犬を買うんだからね。もし検査《けんさ》の結果《けっか》がだめでも、犬を買うんだからね。だって、ぼくの頭の中がぐちゃぐちゃで、だれにも治《なお》せないってわかったら、母さんはぼくに、うんとやさしくしなきゃならないでしょう？　だから、どっちにしても、犬を買うんだからね！」

ぼくが話し終《お》えると、母さんは、前の座席《ざせき》の背《せ》もたれに頭をもたせかけた。ぼくの言ったことが頭にずっしりときて、ちょっと休みたくなったんだろう。でも、そんなの知ったこっちゃない。

エド先生が、ジョーイはそのうち、母さんに腹《はら》をたてることがあるかもしれないって言ってたけど、そのとおりになった。母さんは、つめやすりをバッグにしまって言った。

「じゃあ、どうして？　どうしてよ？」母さんにそんなひどいことされたのに、どうして母さんのこと、まだ好《す》きなの？　どうしてよ？」

「わかんないよ。だって好《す》きなんだもん。ぼくの母さんだから、好《す》きなの。母さんも、ぼくのことが好《す》き。ぼくは、一生頭の中がぐちゃぐちゃ」

「そんなこと言わないの」

母さんは、ぼくのほっぺたにキスをして、ぼくのシャツを直すと、髪《かみ》をなでつけた。見た目がましなら、ぼくも少しはましになるって思ってるみたいに。

「ねえ、犬は？」ぼくは聞いた。

「家にもどったら、買ってあげる」

ぼくは、こぶしをにぎりしめて言った。

「やったあ！　マリアも買ってもらってたけど、ぼくは鼻《はな》をけがしなくても買ってもらえる！やったあ！」

「マリアはいい子なんだから、そんなふうに冗談《じょうだん》言うのはやめて。ね？」

「うん」

ぼくは、犬の本をパラパラめくりだした。

「ねえジョーイ、治《なお》す方法《ほうほう》、見つけようね」

「だめだよ。見つかるわけないよ」

「残念《ざんねん》ながら、まだそうとは決《き》まってません」母さんは皮肉《ひにく》っぽく言った。

「わかってるけど、治《なお》す方法《ほうほう》なんてないよ。お医者《いしゃ》さんだってエド先生だって、そう言ってたもん」

「もちろん、飲《の》むだけですっかり治《なお》せる薬《くすり》があるって意味《いみ》じゃないよ」

「じゃあ、どういう意味《いみ》？」

そう言ったとたん、ぼくは、こんなバスの中にすわっているのがいやになった。たましいが、体からすうっと出ていくような感《かん》じがした。まどの外の景色《けしき》がぼんやりしてきて、ぼくの頭は、ひとつのことしか考えられなくなった。

「ぼくの言ってることわかる？　それ、どういう意味《いみ》？　ぼくの言ってることわかる？」

くり返し言えば、頭がちゃんと動《うご》きだして、つぎの考えにうつっていけるかと思った。でも、やっぱりひとつの考えからぬけ出せない。

「ぼくの言ってることわかる？」声がだんだん大きく、いじわるになっていく。「ぼくの、言ってること、わかる!?」

母さんは、ぼくの頭をかかえてささやいた。

「わかったから。ちょっとトイレに行こう」

母さんはぼくを席《せき》からひっぱり出して、しっかり手をにぎると、通路《つうろ》を引きずっていった。ぼくは左右にゆれて、何人かの人にぶつかった。母さんはそのたびに「すみません」「すみません」とあやまった。ぼくは、ふと思った。母さんは、悪《わる》いことをしたと思ってる。母さんはいつだって、悪《わる》いことばっかりしてるんだ。

トイレは、すごく小さかった。中に入ると、母さんはフタをしたトイレにすわり、ぼくは母さんによりかかるようにして立った。母さんは、ぼくのうしろでドアを閉《し》めてカギをかけ、バッグを開《あ》けて、薬《くすり》を出した。ぼくは口を開《あ》けた。

「いい子にしてて」

母さんは静《しず》かに言って、ぼくのべろの上に薬《くすり》をのせた。

ふたりでそのままトイレにいた。バスはガタガタと進《すす》んでいく。地球《ちきゅう》のネジが全部《ぜんぶ》ゆるんでしまったような、長い階段《かいだん》をはずみながらおりていくような、そんな感《かん》じがした。

ピッツバーグに着《つ》くころになって、母さんが言った。

「白状《はくじょう》する」

「え？」

「ジョーイのところに帰りたかったけど、帰れなかったの。母さん、父さんと飲《の》んでばかりで、まともな暮《く》らしができなくなってたから。それで、おばあちゃんとジョーイがいる家の前を歩いて、ジョーイのこと見たいと思ったのよ。そうしたら、もっとしっかりしようって、力が出てくるんじゃないかと思って。でも、正直《しょうじき》に言うけど、あんたがまどのところにすわってるのは、一度《いちど》も見たことないし、おばあちゃんがあんたにそんなことさせてたなんて、ぜんぜん知らなかった」

ぼくは、ほっぺたを母さんの頭にのせて、母さんの髪《かみ》のにおいをかいだ。いろいろな化粧品《けしょうひん》をつけているから、いつもいいにおいがする。ぼくらは、そのままトイレにいた。とうとうバスが止まって、運転手《うんてんしゅ》がトイレのドアを外からノックして言った。

「ピッツバーグだよ。出て」

13　月男《つきおとこ》

検査《けんさ》は、たったの二、三分だった。

病院《びょういん》に着《つ》くと、まず、エレベーターで放射線科《ほうしゃせんか》に行った。母さんが、受付《うけつけ》でもらった紙に何か書きこんでいると、看護師《かんごし》がぼくを呼《よ》びに来た。母さんには、「記入が終《お》わったら、三番の部屋《へや》でお待ちください」と言った。

診察室《しんさつしつ》に入ると、まっ先にバンドエイドの入ったガラス容器《ようき》が見えた。

「ひとつもらっていい？」

「うん、いいわよ」

看護師《かんごし》は、そう言って容器《ようき》を開《あ》けると、一枚取《まいと》ってぼくのポケットに入れてくれた。もう一枚《まい》ほしいって言うまえに、看護師《かんごし》は容器《ようき》を棚《たな》のいちばん高いところにのせてしまった。

「それじゃあ、服《ふく》をぬいで、これを着《き》てね」

そう言って、白のうすい検査着《けんさぎ》をわたされた。

「でも、いま着《き》てる服《ふく》、新品《しんぴん》だよ。バスからおりて着替《きが》えたばかりだもん」

看護師《かんごし》はほほえんだ。

「だいじょうぶ。とられないように、見はってるから。それから、写真《しゃしん》を撮《と》っているあいだは、このゴムのマウスピースを口に入れて、しっかりかんでいてね。ぜったいに頭を動かしちゃだめよ。あごと歯も動かさないでね」

「写真撮《しゃしんと》るっていうから、新しい服《ふく》に着替《きが》えたんだけど」

「ああ、そういう写真《しゃしん》とはちがうの」

「そっか」

どういう写真《しゃしん》なのか、よくわからなかったけど、ぼくはうなずいた。病院で、へんな子に思われたくない。

「じゃあ、準備《じゅんび》してくるわね」看護師《かんごし》は、ドアから出ていきながら言った。「痛《いた》くないわよ。あっというまに終《お》わるから。この検査《けんさ》を受けたお友だち、たくさんいるのよ。とにかく、動《うご》くのだけは、だめ。じっと横《よこ》になっていてね」

看護師《かんごし》が出ていくと、ぼくはすぐさまイスを棚《たな》のところにくっつけて飛《と》び乗《の》り、バンドエイドの容器《ようき》を取《と》ってふたを開《あ》け、つかめるだけつかんで、ポケットにおしこむと、おりてイスをもとにもどし、検査着《けんさぎ》に着替《きが》えた。

そのあとはほんとにあっというまで、よけいなことを考えるひまもなかった。看護師《かんごし》は、ぼくを明るい部屋《へや》に連れていって、検査台《けんさだい》に上がるのを手伝《てつだ》ってくれた。そしてあおむけに寝《ね》かせて、ぼくの手足や肩《かた》がちょうどいい場所《ばしょ》に行くように、あっちこっちへ動《うご》かした。なんだか工作ねんどになったみたい。

「はい、じゃあ、じっとして。エジプトのミイラみたいにね。目玉も動《うご》かしちゃだめよ」

目を閉《と》じた。看護師《かんごし》が足早《あしばや》に離《はな》れていく音が聞こえた。ドアが閉《し》まると、写真《しゃしん》を撮《と》る機械《きかい》がウィーンと音をたてはじめ、ゆっくりとぼくの上に近づいてくるのがわかった。ハチがいっぱいつまったハチの巣《す》みたいな音。脳《のう》みそがむずむずする。ハチもはちみつも好《す》き。ひからびたクルミのような脳《のう》がつまった古いミイラのことを考えるよりも、ハチのことを考えているほうが、気分がいい。とつぜん、ウィーンという音が止まった。検査《けんさ》が終《お》わったらしい。

ドアが開《あ》いて、足音が近づいてくる。

「もう目を開《あ》けて、目玉をぐるぐるしてもいいわよ」

看護師《かんごし》はそう言うと、ぼくの口からマウスピースを取り出して、小さな白いふくろに入れた。

「はい、じゃあ起《お》きてね。よくできました。動《うご》かないし、せきもくしゃみもしないし。じっとしてる達人《たつじん》ね」

ぼくは、思わずにんまりして言った。

「もうよくなってきたのかもね」

「そうかもしれないわね。はい、こっちへどうぞ」

診察室《しんさつしつ》にもどると、母さんが待《ま》っていて、ぼくの頭にキスして聞いた。

「どうだった？」

「ぼくの脳《のう》みそ、ハチがつまってるみたいだよ」

母さんは、ちょっと顔をしかめて笑《わら》った。

「そんな冗談《じょうだん》、言わないでよ。ぞっとしちゃうわ」

母さんがぞっとするって言ったとたん、ぼくもぞっとして、早く帰りたくなった。ぼくは急《いそ》いで服《ふく》を着替《きが》えると、まわりにいた病院《びょういん》の人たちにお礼《れい》とさよならを言った。歩きだしたときに、看護師《かんごし》が、「検査結果《けんさけっか》は、直接《ちょくせつ》プレストン先生にお送《おく》りしますから」と声をかけてきたけど、母さんもぼくも立ちどまらなかった。エレベーターに乗《の》ってとびらが閉《し》まると、気分がずっとよくなった。

「ぼく、病院《びょういん》ってきらい」

「だから、病院《びょういん》にはいいギフトショップがあるのよ」

母さんはそう言って、旅行《りょこう》カバンを持《も》っていないほうのうでを、ぼくの肩にまわした。

「ねえ、どんなものなら買っていい？　ねえ、何ならいいの？」

「もう、わかってるでしょう?」母さんは言った。「母さんのおさいふ、ぺちゃんこだってこと、忘《わす》れないでよ」

ギフトショップに入ると、頭の中でウィーンって音がしはじめた。見たこともないようなかっこいいものばかりおいてある。世界《せかい》じゅうのいいおもちゃを、病気《びょうき》の子のために集《あつ》めたんじゃないかと思う。小さな子どもくらいもある、大きな動物のぬいぐるみが何種類もあって、動物園《どうぶつえん》みたいだった。ぼくは、大きなキリンを指《ゆび》さした。母さんが言った。

「冗談《じょうだん》でしょ」

「じゃあ、ほんとに乗って走れる、バッテリーのついた、あのでっかい車は?」

「だーめ」

「二キロ缶《かん》入りのピーナツの砂糖《さとう》がけは?」

「だーめ」

「じゃあ、何? 何ならいいの?」

「もう少しまともに考えてよ。ポケットに入る大きさのものにして」

「ぼくがかわいそうって思わないの?」

「そう思ったからって、大きなものを買えるわけじゃないわよ。それに、あんたの頭はだいじょうぶなんだから」

「だいじょうぶ、か」

　ぼくは、へんな言い方で母さんの言葉《ことば》をくり返した。それから、足をふみならして絵葉書《えはがき》のラックのところに行って、大声で、「じゃあ絵葉書《えはがき》でいいよ！」とさけんだ。もう、どうでもいいよ。何か、かっこいいおもちゃがほしかったのに。ぼくの脳《のう》が、ハチの巣《す》どころか、ぐちゃぐちゃのいり卵《たまご》みたいになってる可能性《かのうせい》だって、まだあるんだからな！

「絵葉書《えはがき》はおみやげにいいわよ」

　店員《てんいん》が、母さんみたいな口調《くちょう》で言った。ぼくたちのこと、どろぼうするんじゃないかって顔して、ずっと見てたくせに。

　ぼくは、回転式《かいてんしき》の絵葉書《えはがき》ラックのはしを、かた手でつかんで思いっきりまわした。すごいいきおいがついて、ちょうど絵葉書《えはがき》を取《と》ろうとしたおばあさんが、指《ゆび》をけがするところだった。おばあさんはびっくりして、アーミッシュの農場《のうじょう》にいた大きなフクロウみたいな顔になり、そのまぬいぐるみの棚《たな》のほうに行ってしまった。ぼくは、どんどんいきおいをつけてラックをまわしつづけた。ラックは、絵葉書《えはがき》の竜巻《たつまき》みたいになった。そのうち、ラックから絵葉書《えはがき》が飛《と》び出して、床《ゆか》いっぱいにちらばりはじめた。

「ジョーイ！　やめなさい！」

　母さんがしかりつけても、ぼくはやめなかった。母さんは、かた手でぼくの手をつかみ、かた手でラックをつかんで止めた。ラックは倒《たお》れそうになったけど、その場で酔《よ》っぱらいみたいにふらふらと円を描《えが》いてから止まった。

「さっ、ひろうの手伝《てつだ》いなさい！」

母さんは、かがんで絵葉書《えはがき》をひろいながら命令《めいれい》した。ぼくは犬みたいに四つんばいになって、絵葉書《えはがき》を口にくわえた。

「やめて！」

母さんは腹《はら》をたてて、ぼくの口からカードをひったくった。

「あんたのよだれのついた絵葉書《えはがき》なんて、だれもほしくないわよ」

「ポケットに入るものでほしいもの、わかった」

「何？」

「チワワ」

「それは、あとにしてちょうだい！」

母さんはびしっと言った。ぼくらを見おろすように立っていた店員が、声をかけてきた。

「何か、おさがしですか？」

買うつもりがないなら、すぐに出ていけって感《かん》じ。母さんが聞いた。

「チワワ、おいてます？」

「ざんねんながら、チワワは……」

店員《てんいん》は、わざとらしい笑顔《えがお》をうかべて言うと、絵葉書《えはがき》ラックを直しはじめた。

「それじゃあ、べつの店に行くしかないわね」

母さんは、偉《えら》そうに言った。そして、ぼくのうでをつかんで、ずんずんとロビーを横切《よこぎ》り、玄関《げんかん》を出て、病院《びょういん》のまわりのようすはよくわからないのに、それでもまだ、ずんずん歩いていった。

二、三分歩くと、母さんは旅行《りょこう》カバンを地面《じめん》において、銀行《ぎんこう》の大時計を見た。

「帰りのバスまで、少し時間をつぶさなくちゃ。どこか見に行こう」

「うん。アイスホッケーのリンクに行って、ペンギンズを見ようよ」

「試合《しあい》をやっていないときは、ホッケーリンクには入れないんじゃない？　それより、＊PPG《ピービージー》ビルのスカイデッキにのぼって、町を上から見わたすのは、どう？」

「望遠鏡《ぼうえんきょう》あるかな？」

「あると思うけど」

母さんは自信《じしん》がなさそうだったので、ぼくは「ありますように」っていのった。頭の中で、検査《けんさ》のときから鳴っているハチの音とはべつに、もうひとつウィーンという音がしはじめた。ピッ

＊　ピッツバーグ・プレートガラス社の超高層《ちょうこうそう》ビル。ガラスのお城《しろ》のようなデザインで有名。

ツバーグでやりたいことが、頭にうかんだ。

PPG《ピーピージー》ビルに着《つ》くと、エレベーターで五十階《かい》までのぼった。母さんはエレベーターの中で、青い顔をして、「酔《よ》っちゃいそう」とつぶやいていた。

おりると、母さんは大きなまどのほうへ向かい、こしをおろして深呼吸《しんこきゅう》した。まどぎわには、望遠鏡《ぼうえんきょう》がならんでいる。

「望遠鏡《ぼうえんきょう》見るから、二十五*セント玉ちょうだい」

母さんはサイフを出して、ひとつくれた。ぼくは、金属製《きんぞくせい》の小さなふみ台の上に立ち、二十五セント玉を投入口《とうにゅうぐち》に入れてのぞいた。望遠鏡《ぼうえんきょう》の先を空に向《む》けて、ピッツバーグからできるだけ遠くを見ていると、母さんが聞いた。

「何さがしてるの？」

「月。父さん、月に住《す》んでるかもしれないって、母さんが言ったから」

「それでここにのぼりたかったわけ？　父さんをさがすために」

「ここに来ようって言ったのは、母さんじゃないか。はい、笑《わら》って」

ぼくは望遠鏡《ぼうえんきょう》を母さんのほうに向《む》けた。でも、近すぎてぼやけてしまって、笑《わら》ったかどうかはわからなかった。

それから下に向《む》けて、歩道を歩いている人たちを観察《かんさつ》した。あの男の人たちの中に、父さんがいるかもしれない。

「父さんに電話していい？」

「ジョーイ、むり言わないでよ。父さんさがしに来たんじゃないんだから」

「だって、会ってみたいもん」

「だめ。父さんのこと、ジョーイが好きになるとは思えないし」

「でもさ、母さんがもどってくるまえ、おばあちゃんは母さんの悪口ばっかり言って、おまえは母さんのことなんて好《す》きにならないって言ってたんだよ。でも、もどってきたら、好《す》きになったもん。父さんだって同じかもしれないよ。会ったら好《す》きになるかも」

「母さんの言うこと信《しん》じなさいって。好《す》きにならないわよ」

「かもしれないけど、会うまではわからないよ」

そう言って、もう一度《いちど》望遠鏡《ぼうえんきょう》をのぞいた。うしろから母さんが言った。

「じゃ、飲《の》み屋《や》でものぞいてみたら。酔《よ》っぱらって赤い顔をした、気の小さいどうしようもない男がいたら、それが父さんよ」

「父さんも、人からよく悪口言われてるのかな？」

「なに同情《どうじょう》してるのよ。どうせ、あっちこっちでもめごとを起こしてるだけよ」

＊　約三十円。

「お酒《さけ》飲《の》むの、やめたかもしれないよ」

「そうね、鳥が飛《と》ばなくなるみたいにね」

母さんは、いじわるっぽく答えた。

「ぼくの父さんなんだから、会いたいのはあたりまえでしょ！」

望遠鏡《ぼうえんきょう》の時間が切れて、目の前がまっ暗《くら》になった。母さんのほうをふりむいたら、「もう二十五セント玉はないよ」と言われた。ぼくはふみ台をおりて、公衆電話《こうしゅうでんわ》のほうへ歩きだした。電話のわきには、電話帳《でんわちょう》がおいてある。

「父さんの名前、電話帳《でんわちょう》でさがす」

母さんは、あわててついてきた。

「父さんに会いたいっていう気持《きも》ちはわかるわよ。一度《いちど》会っておくのは、いいことかもしれないけど、あっちがいま、どうしてるかわからないでしょう？　酔《よ》っぱらってるかもしれないし、しらふかもしれないし、いい人かもしれないし、いじわるでひどいやつかもしれないし。ちゃんと落《お》ちついてるんだったら、みんなでいっしょにやっていくこと、考えてもいいけど。とにかく、父さんが神経《しんけい》にさわるようなことしないで、ちゃんとジョーイをかわいがってくれるってことがはっきりしないかぎり、ぜったいだめ。わかった？」

ぼくは電話帳《でんわちょう》の「ピ」ではじまる名字《みょうじ》のページをめくって、指《ゆび》で名前をたどった。でも〈カーター・ピグザ〉という名前も、おばあちゃんの名前も見つからなかった。母さんが声をかけてきた。

「どう？　気がすんだ？」

「あんまり」

だって、母さんの話を聞いていたら、父さんにもお酒《さけ》をやめてほしくなったし、ぼくに会いたいと思ってほしくなった。

母さんは、かべの時計をふり返《かえ》った。ずらりとならんだ時計は、いろいろな国の時間を指《さ》していたから、母さんはまごついたようだった。ロンドンの人たちは寝《ね》るころで、東京の人たちは起《お》きるころだ。

「そろそろバスに乗《の》らないと。うちに帰る時間よ」母さんが言う。

「うち」というのは、ぼくたちのうちのことだ。父さんぬきで母さんと暮《く》らしてきたうち。いつか父さんに会うようなことがあっても、父さんは、けっしてうちに入ることはないだろう。きっと、ぼくが父さんの家に行くことになるんだと思う。

14　ごほうび

一週間後、母さんとぼくは、特別支援《とくべつしえん》センターのエド先生の部屋《へや》で、もう一度《いちど》、医者《いしゃ》のプレストン先生に会った。プレストン先生は、にっこりと笑って言った。

「検査《けんさ》の結果《けっか》は、とてもよかったですよ。ジョーイくんの頭には、いい脳《のう》が入っています」

ぼくはあんまりうれしくって、先生の話のとちゅうで、母さんに話しかけた。

「ほら、言ったでしょ？」

母さんはくちびるをすぼめて人さし指《ゆび》をあて、まじめな顔をして見せた。先生は続《つづ》けた。

「あとは、ジョーイくんに合った解決方法《かいけつほうほう》を見つけていきましょう。まずは薬《くすり》から、ぴったりの分量《ぶんりょう》を見つけていきます。さっそく、皮膚《ひふ》に貼《は》って吸収《きゅうしゅう》させる薬《くすり》をためします。大きな丸いバンドエイドのような薬《くすり》で……」

バンドエイドと聞いて、ぼくの耳がぴくりとした。

「……一日に一枚貼《は》れば、皮膚《ひふ》を通して少しずつ吸収《きゅうしゅう》されますから、錠剤《じょうざい》とちがって、気分が落《お》ちついたり不安定になったり、という波《なみ》をさけることができます。これからの目標《もくひょう》は、ジョーイくんにがんばってもらって、集中《しゅうちゅう》できる時間をのばしていくことです。ある程度集中《ていどしゅうちゅう》していられるようになれば、あとは訓練《くんれん》を受け、きちんとした家庭環境《かていかんきょう》で生活をしていくことで、症状《しょうじょう》は飛躍的《ひやくてき》に改善《かいぜん》していくでしょう」

「家庭環境《かていかんきょう》」という言葉《ことば》が先生の口から出ると、母さんは下くちびるをかみ、足を組むのをやめてスカートのすそをひっぱり、反対側《はんたいがわ》に足を組み直した。ぼくは母さんの手を取《と》って、ぎゅっとにぎった。こまったとき、どんな気持《きも》ちがするか、ぼくにはよくわかる。

先生は、母さんとしばらく話したあと、書類《しょるい》を取《と》り出した。母さんは、その書類《しょるい》を読んでサインした。続《つづ》いて、先生はカバンから小さな箱《はこ》を出し、包装紙《ほうそうし》をやぶいて開《あ》け、透明《とうめい》な貼《は》り薬《ぐすり》を取《と》り出した。サインペンで模様《もよう》を描《か》いたら、かっこいいイレズミに見えそうだ。先生が言った。

「ジョーイ、シャツをぬいで」

ぼくは立ちあがって、T《ティー》シャツをひっぱりあげた。とたんに母さんが息《いき》をのんだ。このまえ取《と》ってきたバンドエイドを貼《は》って、おなかに犬の顔を描《か》いてあったから。でも、先生は母さんに言った。

「心配《しんぱい》いりません。よくあることです。バンドエイドのきらいな子どもなんていませんよ」

ぼくはにっこり笑《わら》って、エド先生に言った。

「ぼく、チワワがほしいんだ」

エド先生は思ったとおり、笑《わら》うのをがまんしていた。思ったことがあたるってことは、ぼくの脳《のう》が正常《せいじょう》に動《うご》いてるってことだ。エド先生が笑《わら》いをこらえている。このまえのときは、かんかんに怒《おこ》っていたのに。いまは、ちがう。何もかもちがう。ぼくは病気《びょうき》じゃない。ただの子どもだ。それにどんどんよくなっている。だから、みんなも、ぼくのことをどんどん好きになってくれるといいいな。

「今日、チワワを買いに行こうね」

母さんは少しはずかしかったみたいで、足もとを見たまま言った。

「これを、わき腹《ばら》に貼《は》るからね」

プレストン先生は、薬《くすり》をぼくのおなかに貼《は》って言った。

「これでよし。このまま二十四時間、貼《は》っておいてください。シャワーをあびるときは、一度《いちど》はがしてまた貼《は》ってください。さて、これでおしまい」先生は、ぼくを見て笑《わら》った。「これできっと、だいじょうぶだよ。新しい薬《くすり》のテストに参加《さんか》してもらうわけだけど、これまでに、たくさんの子どもたちに効《き》き目《め》が出ているからね。もし、目がまわったり、むかむかしたりしたら、お母さんに言うんだよ。そのときには、べつの薬《くすり》に変えるからね。きみに合った薬《くすり》を見つけるのが目的だから、きみがちゃんと教えてくれないとわからないんだ。たよりにしているよ」

ぼくはもう一度《いちど》にっこりして、エド先生に言った。

「もし、ぼくがまた家のカギを飲《の》みこんだりしたら、薬《くすり》が効《き》いてないってことだね」

プレストン先生は立ちあがり、母さんとあくしゅした。

「では、今日はこれで、ピグザさん」

「ありがとうございました」

母さんがにっこりした。きっと、プレストン先生を信用《しんよう》しているんだろうな。母さんまで、貼《は》り薬《ぐすり》をつけてもらったみたい。母さんが男の人の前で、こんなにやさしそうに笑ってるのなんて、はじめて見た。

それから、エド先生が母さんに言った。

「もし何かご質問《しつもん》や、こまったことがあれば、いつでもご連絡《れんらく》ください」

「ありがとうございます」

エド先生は、母さんに名刺《めいし》をわたしながら言った。

「ほんとうに、遠慮《えんりょ》しないでくださいね。ジョーイくんにとって、いちばんいいことをしてあげたいと思っているんですから。必要《ひつよう》なときにはお電話ください」

母さんは、バッグの内側《うちがわ》のポケットに名刺《めいし》をしまった。バッグから出した手には、ティッシュがにぎられている。母さんはうしろを向《む》くと、ティッシュを目におしあてた。そして空《あ》いているほうの手で、暗《くら》やみで何かをさがすように手さぐりして、ぼくの体をつかんだ。エド先生がドアを開《あ》けて、ぼくに言った。

「それじゃあ、明日。あと何週間か、訓練《くんれん》と宿題《しゅくだい》、がんばろうな」

「まかしといて」

エレベーターに向《む》かうとちゅう、母さんに、プレストン先生とエド先生と、どっちとデートしてみたいかって聞いてみた。母さんは、質問《しつもん》をはらいのけるように、ティッシュをふった。

「何言ってるの。ジョーイだけで手いっぱい。母さんはね、ジョーイのことを好《す》きな人は、みんな好《す》き」

母さんはそう言って、ぼくを引きよせた。ぼくは、エレベーターが来るまで、母さんにしがみついていた。このエレベーターのとびらは、一日に何回となく、開《ひら》いたり閉《と》じたりをくり返《かえ》しているんだろう。でも、エレベーターが来てとびらが開《ひら》いたとき、ぼくは、目の前に新しい世界《せかい》へのとびらが開《ひら》いたような気がした。

エレベーターの中に立って思った。ぼくはとうとう、よくなるための正しい道を歩きだした。これからは、ほんとうによくなっていくんだ。今度《こんど》は、ぼくがみんなを助《たす》けられるようになる。自分でぶちこわしてしまわないかぎり、もうむかしのぼくにもどることはない。ぜったいにぶちこわしたくない。

「ジョーイ、行くよ」

母さんが手をひっぱった。エレベーターのとびらが閉《し》まりかけている。ぼくはとびらのあいだにさっと立つと、うでを横に広げて、*怪力《かいりき》サムソンのようにとびらをおし開《あ》けた。母さんが、ぼくのわきの下をくぐって外に出ると、ぼくもすぐあとから飛《と》び出した。

「エレベーターって大好《だいす》き」

ぼくは、バスのターミナルに向《む》かいながら言った。

「わたしは酔《よ》っちゃう」

PPG《ピーピージー》ビルでも言ってたね。

貼《は》り薬《ぐすり》が効《き》いているのかな。なんだか、まえとはちがう感《かん》じがする。それとも、今日、エド先生が教えてくれたことのおかげかな。エド先生は、ぼくが問題《もんだい》を起《お》こすのは、興奮《こうふん》しやすいからだけじゃない、と言っていた。中には、ぼくの考えしだいでふせげることもあるって。もし、ちゃんとした考え方を身につければ、いろいろなことがもっとよくなるだろうって。エド先生は正しい。だって、ぼくはいまだにジョーイ・ピグザで、薬《くすり》を使《つか》っていて、特別支援《とくべつしえん》センターに通っているけど、まえみたいに落《お》ちこんだ気分じゃない。なんか、わくわくして待《ま》ち遠《どお》しいような気《き》持《も》ち。もう少しでクリスマス、というときみたい。もちろん、まだクリスマスじゃないけどさ。

＊旧約聖書《きゅうやくせいしょ》に出てくる怪力《かいりき》の持ち主。

歩きながら母さんは、先生から受《う》け取った薬《くすり》の箱《はこ》を出し、つめでトントンとたたいて言った。

「これは、バンドエイドじゃないからね」

「そんなの知ってるよ。ばかじゃないもん。ちゃんと脳《のう》の写真《しゃしん》を撮《と》って、どこも悪《わる》くなかったんだから」

「ほんとうによかった」

母さんが、ぼくの頭のハゲのまわりの髪《かみ》の毛をいじりだしたので、手をはらいのけて言った。

「また生《は》えてくるよ。あんまりおせっかいやくと、母さんにも薬《くすり》、貼《は》るよ」

「ジョーイが髪をぬかなきゃ、母さんもおせっかいなんか、やかないよ」


センターからバスで、ペットショップに行った。ぼくは、口が耳までさけるくらい、にんまりした。クリスマスが早く来そうな感《かん》じが、まちがいじゃなかったから。でも、その店にはチワワはいなかった。これから先も仕《し》入《い》れる予定《よてい》はないと聞いて、笑《わら》いが消《き》えた。店員《てんいん》は、チワワなんてネズミみたいな犬をほしがる人間が、この世にいるとは思わなかった、という顔で、ぼくに言った。

「チワワはとても神経質《しんけいしつ》ですよ。一日じゅうキャンキャンほえるし」

「だから、ほしいんだよ」

店員《てんいん》は「うーん」と言ってから、闘犬《とうけん》のピットブルや、がっしりした体のロットワイラーや、赤ずきんちゃんのおばあさんを飲《の》みこんだオオカミのような、でっかい犬をすすめはじめた。いっしゅん、おばあちゃんがもどってきたら、この犬がまる飲《の》みしてくれるかもしれないと思ったけど、店員《てんいん》に聞いてみたら、「それはお話の中だけのことですよ」と言われた。店員《てんいん》がうしろを向《む》いて、べつの客《きゃく》の相手《あいて》をはじめると、母さんがヒソヒソ声《ごえ》で言った。

「へんなこと言わないの。母さんがいなかったときは、おばあちゃんが、あんたのめんどう見てくれたんだから」

たしかに、おばあちゃんが生きたまま犬に飲《の》みこまれちゃえばいいなんて考えるのは、よくない。エド先生や母さんが言うように、いい子になろう。ぼくにひどいことをしたおばあちゃんだけど、やっぱり好《す》き。でも、いじわるな人のことも好《す》きになっていいのかな。よくなるっていうのは、いじわるな人でも、ゆるせるようになるということなんだろうか。

そういうわけで、その日は犬は買わなかった。がっかり。でもそのあと、毎日、町の情報《じょうほう》がのってる無料《むりょう》新聞をチェックしていたら、ついにチワワとダックスフントの雑種《ざっしゅ》をくれるという広告を見つけた。すぐに電話すると、男の人が、くつの空《あ》き箱《ばこ》に子犬を入れて、家まで持《も》ってきてくれた。

ぼくがほしかったとおりの犬だ！　ダックスフントみたいに短足《たんそく》で、胴体《どうたい》はまるでソーセージだけど、顔はチワワで、とってもかわいい。たしかにキャンキャンほえるけど、ダックスフントの血統《けっとう》のおかげか、ふつうのチワワほど神経質《しんけいしつ》じゃない。名前はパブロにした。パブロ・ピグザ。略《りゃく》してP《ピー》・P《ピー》。

パブロは、ぼくのところへ来る運命《うんめい》だったんだと思う。だって、うちに来るなり、まどのレールのところにすわってぼくの帰りを待《ま》っているし、まどの前をだれかが通《とお》るとかならずほえるし。母さんは、ほえ声がうるさいと言って、テレビの音を大きくした。そして、「あんたが使《つか》い終《お》わった貼《は》り薬《ぐすり》を小さく切って、パブロのおなかに貼《は》って、落《お》ちつくかどうかためしてみたら」と言った。

「やだよ」ぼくは答えた。

「それなら、口を輪《わ》ゴムでおさえたらどうよ。まったく、むかしのあんたみたい」

「母さんは、むかしのぼくだってかわいがってくれたじゃない」

「でも、母さんは犬までかわいがる必要《ひつよう》ないもの」

ぼくは、パブロの長いおなかをかかえて、母さんの耳もとに持っていった。パブロは、母さんの耳をぺろぺろしてくすぐった。ぼくは母さんに言った。

「パブロのこと、好《す》きって言って！」

だれもパブロにはかなわない。うるさいけど、すごくかわいい。ぼくとおんなじ。母さんは降《こう》参《さん》して言った。

「わかったわかった、パブロも好《す》き！」

「心から好《す》きって思って言って！」

ぼくは、パブロの鼻先《はなさき》を、もう一度《いちど》母さんの耳もとに持《も》っていった。母さんは、頭をそらして、金切り声をあげた。

「大好《だいす》きー、パブロがいなくちゃ生きていけないー！」

「よし！」

パブロもぼくも、すっかりいい気分になった。

15　新しいぼく

プレストン先生は、貼《は》り薬《ぐすり》はまえの薬《くすり》とちがって、効《き》いているのかどうか、すぐにはわからないかもしれないと言っていた。効《き》きはじめるまでに時間がかかるだろうって。でもぼくには、はじめて貼《は》ったときから、ゆれていたブランコが少しずつ止まるように、自分がだんだん落《お》ちついていくのがはっきりわかった。エド先生にそう話したら、薬《くすり》が合っているんだろうと言われた。たぶん、いつでもぼくにぴったりの量《りょう》の薬《くすり》が体の中に送《おく》りこまれているから、これからはカゲキに興奮《こうふん》したり、とつぜん死《し》んだように静《しず》かになってまた急《きゅう》に興奮《こうふん》する、なんてことはなくなるだろうって。

気分が安定《あんてい》して、特別支援《とくべつしえん》センターでがんばりだしたら、すべてがどんどんうまく進《すす》みはじめた。最後《さいご》の二週間は飛《と》ぶようにすぎ、センターを出ていくころには、そんなに長く通ったわけでもないのに、自分がすごく変《か》わった気がした。でも、全部《ぜんぶ》が変《か》わったわけじゃない。お医者《いしゃ》さんたちがどんなに頭がよくても、どんな薬《くすり》を使《つか》っても、ぼくの中にはきっと、カゲキにおかしいところがずっと残るだろう。たぶん、それはどうすることもできない。好《す》きでそうなったんじゃないけど、それがぼくなんだ。エド先生が言ってた。

「くばられたトランプをよく見て、それで勝《か》てる方法を考えるのと同じだよ。いいカードを生かすのと同じように、自分のいいところを生かすんだ。そして、よくないところは、できるだけ小さくしていくんだ」

先生の言うとおりだと思う。

友だちになったチャーリーも、もうすぐセンターを出ていく。チャーリーは、手にプラスチック製《せい》の義手《ぎしゅ》を取《と》りつけることになっていた。義手《ぎしゅ》の先には、ほんものみたいに曲《ま》がる指《ゆび》がついているので、その指《ゆび》をうまく操作《そうさ》できるように、センターで訓練《くんれん》をして筋力《きんりょく》をつけてきた。

エド先生から、もうすぐセンターとお別《わか》れだよ、と言われた日、ぼくはまたチャーリーに会った。かたほうに、新しい義手《ぎしゅ》をつけている。チャーリーは、その手でぼくとあくしゅした。ほんとうにすごいと思った。チャーリーも、すごくうれしそうだった。

「ジョーイ、ほら」

チャーリーは、指《ゆび》の先を動《うご》かして、ぼくの手のひらをくすぐった。ぼくは言った。

「すっごい！　もうかたほうは、いつできるの？」

「あと二、三週間。できたら教えるよ」

「うん、電話して。ピグザって名字《みょうじ》は、電話帳《でんわちょう》にひとつしかないから、わかるよ。ぼくんちにパブロを見においでよ」

チャーリーは、指《ゆび》で電話番号《でんわばんごう》をおすしぐさをした。

「おお、まかしとけ」

いよいよセンターでの毎日が終わり、母さんとエド先生が、校長先生とマクシー先生に会いに行った。

母さんは話しあいから帰ると、ぼくが薬《くすり》をきちんと使《つか》って、決《き》まりを守《まも》るなら、学校にもどっていいことになったと教えてくれた。ぼくは、「決《き》まりなら大好《だいす》き！」と言った。ほんとうに好《す》きになったんだ。だから、パブロにも犬用の決《き》まりを作ってやった。パブロは、なんでもかんでしまうし、ところかまわずうんちをするから、ほんとうは犬の特別支援《とくべつしえん》センターに行って、かむのは犬のおもちゃだけ、うんちは外でするって習ってこなくちゃいけないところだ。

学校にもどる朝、センターのバスは、もう、うちの前には止まらなかった。ほんとうにうれしかった。ぼくは歩いて学校に向かい、正門を入って、最初《さいしょ》に事務室《じむしつ》に行った。

「校長先生いる？」

秘書《ひしょ》が答えた。

「あら、もどってきたのね。長いお休みだったわね」

「ちがうよ。おぼえてるでしょ？　ぼくはマリアの鼻《はな》の頭を切っちゃって、センターに行って、貼《は》り薬《ぐすり》をもらってきたんだよ。見せてあげる！」

「ジョーイ、校長先生はいま、とっても忙《いそが》しいんだけど……」秘書《ひしょ》は、ぼくがまくりあげたシャツを下におろして、たずねた。「どんなご用かしら？」

「ぼく、朝の校内放送《ほうそう》でやる、『忠誠《ちゅうせい》の誓《ちか》い』*を言いたいの。やったことないから、やりたい」

「そう……。じゃあ、ここにすわって、ちょっと待《ま》っててね」

ぼくが腰《こし》をおろして待《ま》っていると、ちょうど保健室《ほけんしつ》のホリーフィールド先生が、事務室《じむしつ》の前を通りかかった。ぼくは、ハロウィンのカボチャのランプみたいに、目を細めてにかーっと笑《わら》ってみせた。先生も笑《わら》い返《かえ》すと、腰《こし》に手をあてて言った。

「まさか、もう問題《もんだい》を起《お》こしたんじゃないでしょうね」

ぼくは、ふき出しそうになるのをこらえてさけんだ。

「ちがうよ！　ぼくは新発売《しんはつばい》の、さらによくなったジョーイです！」そして、シャツを上げて見せた。「この貼《は》り薬《ぐすり》、見える？　ちょっと見てて」

ぼくは、両手《りょうて》をひざにのせて、事務室《じむしつ》のかべにかかっている、古いくつをぼうしがわりにか

＊　アメリカの公立学校では毎朝、生徒たちが国家への忠誠《ちゅうせい》を誓《ちか》う言葉をとなえることになっている。

ぶったピエロの絵を見つめた。頭をぴくりともさせず、まばたきもしないで。

一分くらいたったところで、ホリーフィールド先生が聞いた。

「それで？　何を見せてくれるの？」

「もう、見せたよ。動《うご》かないですわってるところ！　わかった？　ぼく、よくなったんだよ」

先生は笑《わら》いだした。

「すごい！　でも、もうよくなってしまったんじゃ、会えなくなっちゃうわね」

「だいじょうぶ。会いに行くから。もう、ゲエゲエはいたりしないよ」

「じゃあ、待《ま》ってるわ」

そこへ、秘書《ひしょ》がもどってきて言った。

「校長先生が、今日の『誓《ちか》い』はジョーイにお願《ねが》いしますって」

「すごいじゃない、ジョーイ」

と言ってから、ホリーフィールド先生は、大きなかけ時計を見た。

「あら、行かなくちゃ。薬《くすり》を飲《の》みに来る子たちが待《ま》ってるわ」

「貼《は》り薬《ぐすり》をあげたらいいよ。飲み薬《ぐすり》より効《き》くよ」

「考えとくわ」

先生は急《いそ》いで走っていった。

そのあと、ぼくはマイクの前に立ち、胸《むね》に手をあてて『忠誠《ちゅうせい》の誓《ちか》い』をとなえた。

「わたしは、アメリカ合衆国《がっしゅうこく》の国旗《こっき》に対《たい》し……」そして、最後《さいご》に大きな声でつけくわえた。「ぼくはジョーイ・ピグザ。もどってきたよ！」

そのあと、「鼻《はな》は心配《しんぱい》しなくても、もうだいじょうぶ」って言いたかったけど、校長先生がぼくの手からマイクをさっと取《と》りあげ、音量《おんりょう》をさげてしまった。それでも音はこだまして、「もどってきたよ！　きたよ！　きたよ！」と、巨人《きょじん》の足音みたいにろうかにひびきわたった。いい感《かん》じ！　ぼくは、怒《おこ》った顔をした校長先生に言った。

「ありがとうございました」

「さあ、もどった最初《さいしょ》の日にちこくしないように、ハワード先生のところに行きなさい」

校長先生とエド先生のあいだの取《と》り決《き》めで、学校にもどった最初の一週間は、特別学級《とくべつがっきゅう》に行くことになっていた。そこで、自分にも、ほかのだれにも、危険《きけん》なことはしないってみんなにわかってもらってから、マクシー先生のクラスにもどる。エド先生は、ほかの子たちの親は、自分の子どもがぼくといても、けがをすることはないってことをちゃんと見せてほしいんだって言っていた。そして、「いつもほかの人たちはどう感《かん》じてるだろうって考えるくせをつけなさい」って。エド先生の言うことは、よくわかる。マリアにけがをさせたあと、マリアのお父さんがものすごく怒《おこ》っていたのを、この目で見たから。ぼくの母さんだって、ぼくが鼻《はな》の先を切《き》り落《お》とされたら、同じように怒《おこ》ると思う。だから、ハワード先生のクラスからはじめるのでもいいんだ。友だちもいるし。

地下の教室に行くと、ハワード先生は大喜《おおよろこ》びだった。

「お帰りなさい!」大声で言うと、ひざまずいてだきしめてくれた。「けさの誓《ちか》い、りっぱでしたよ」

知っているお母さんたちも、みんないた。補助《ほじょ》の先生も、ほかの子たちもみんな、ぼくを見ると、声をかけてくれた。口ぐちに、「もどってきてくれてうれしい!」というようなことを言ってくれた。ハワード先生が言った。

「さて、この教室にいつまでもいてはだめよ。すぐにでも、上の階《かい》の自分のクラスにもどってもらいますからね」

ぼくは、にんまりと笑《わら》って言った。

「わかってるよ。やり直すチャンスをもらったんだ」

「よかったわね。だれでも、やり直すチャンスがなくちゃ」

先生は、ぼくの席《せき》を教えてくれた。マクシー先生みたいに、決《き》まりを貼《は》りつけたりしていないので、気持《きも》ちがいい。だって、決《き》まりなんてわかってるんだから。わかってるのに、守れなかっただけなんだ。

ハロルドもいた。ぼくがハロルドのために心の中でとなえてあげた誕生日《たんじょうび》の願《ねが》いごとは、まだかなっていなかった。「ハロルドの首のギプスと車《くるま》イスがいらなくなって、いっしょにフットボールができますように」って願《ねが》ったんだけど。

ハワード先生は、ほかの子どもたちを手伝《てつだ》うのに忙《いそが》しそうだったので、ぼくはハロルドのお母さんのところに行って話しかけた。

「ただいま」ぼくは、シャツをめくり、貼《は》り薬《ぐすり》を見せた。

「新しい薬《くすり》になったの」

ハロルドのお母さんって、すごくやさしい。ぼくのことを、ぎゅうっとだきしめてくれた。

「ジョーイを見てると、希望《きぼう》がわいてきちゃう。ジョーイにできたんだもん。ハロルドだって、いつかできるかもしれないわよね」

ぼくはびっくりした。こんなことを言われるなんて、思ってもみなかった。ハロルドも、いつかぼくみたいになれたらいい、なんて……。ぼくはつっ立ったまま、母さんに言われたとおり、おばさんの目を、まっすぐ見て聞いた。

「ほんとうに、そう思ってるの？」

「誕生日《たんじょうび》パーティーのとき、ジョーイがハロルドの代《か》わりに、ろうそくを吹《ふ》き消《け》してくれたでしょう？　あれからね、あの子、ずっとジョーイのことをさがしてたのよ」

ぼくはハロルドを見た。口からあぶくを出している。ハロルドがよくなるかどうか、ぼくにはわからない。でもぼくがよくなったんだから、ハロルドにもよくなってほしい。

それからおばさんは、いままで母さん以外《いがい》の人から一度《いちど》も言われたことのない、すごくすてきなことを言ってくれた。

「ねえジョーイ、薬《くすり》が効《き》くようになったからって言うけど、あなたはいつだって、いい子だったわよ。生まれつき、いい子。そのこと、自分でちゃんとわかってるといいなあと思って。ジョーイは、とっても心のやさしい子よ」

ぼくは、自分のバースデーケーキのろうそくを、全部《ぜんぶ》、おばさんに吹《ふ》き消《け》してもらったような気がした。

「……ありがとう」

それだけ言って、おばさんに背《せ》を向《む》けると、肩《かた》で目をぬぐった。そして、何かほかにすることがあるふりをして少し離《はな》れ、ポケットからあの古い写真《しゃしん》を取《と》り出した。親指《おやゆび》と人《ひと》さし指《ゆび》にはさんで、写真《しゃしん》をこする。写真《しゃしん》の中のぼくは、じっとこっちを見ている。ぼくは悪《わる》い子じゃない……。

それから本棚《ほんだな》のところに行って、本を一冊《さつ》取《と》った。〈静《しず》かイス〉が空《あ》いていたので、よじのぼってすわり、ぼくは静かに本を読みはじめた。

日本の読者《どくしゃ》のみなさんへ

ジョーイ・ピグザとその家族の話を読んでくれて、ありがとう。

子どものころ、ぼくのまわりには、ジョーイのような子がたくさんいました。元気いっぱいで、なかなか頭がよくて、つぎつぎと楽しいことや、ちょっとあぶないことを思いついては、かたっぱしから試《ため》してしまう。悪い子というわけではないけれど、じっとしているのが苦手《にがて》で、何かひらめいたら、先に体が動いてしまうのです。そういう子たちは、友だちになってみると、悪気《わるぎ》もないし、とても人なつこくていい子たちでした。

ぼくは、子どものころから本を読むのが大好《だいす》きで、手あたりしだいにいろいろな本を読みました。でも、いくら読んでも、本の中で、ジョーイやジョーイの家族のような人々に出会うことはありませんでした。ぼくのまわりには、やたらに元気で、落ちついてすわっていられないような子がたくさんいるのに、どうしてそういう子たちは、本には書かれないのだろうと思いました。世の中には、立派《りっぱ》な人ばかりいるわけじゃないし、だれもがすばらしい人生を送っているわけでもない。それなら本の中にだって、いろいろな人たちの、いろいろな話があっていいはずだ、と思ったのです。

大人になって作家になったぼくは、子どものころから出会ってきた、いろいろな男の子たちのイメージを集めて、ひとりの男の子を作りあげました。それがジョーイです。物語の舞台《ぶたい》は、ぼくの生まれ故郷《こきょう》に近くてようすがよくわかっている、ペンシルベニア州ランカスターにしました。ジョーイの家族は、理想的《りそうてき》な家族とはかけ離《はな》れています。でも世《よ》の中には、子どもの面倒《めんどう》をきちんと見ない、無責任《むせきにん》な親を持つ子どもだって、たくさんいるのです。おかげで、ジョーイは苦労《くろう》することになりますが、まわりの人たちの力を借《か》りながら、ひとつひとつ、乗りこえていきます。

毎年、アメリカじゅうのジョーイのような子どもたちから、「ぼくみたいな子が本に出てきた」と、喜《よろこ》ぶ手紙をたくさんもらいます。手紙には、「ぼくもジョーイと同じように感《かん》じることがあります」「よく、ジョーイみたいな失敗《しっぱい》をしてしまいます」と、書かれています。そしてみんな、ジョーイがいい子なのがうれしい、と言ってくれます。自分たちだって同じような失敗《しっぱい》はするけれど、ほんとうはいい子なんだよ、という気持ちがあるのでしょう。

そのいっぽうで、ジョーイとちがって、落ちついて行動できる子どもたちからも、ジョーイのような子がまわりにいます、という手紙をもらいます。「この本を読んで、ジョーイみたいな子たちの気持ちが、わかるようになりました」「これからは、きっとなかよくなれると思います」と書かれているのです。

ぼくは、ジョーイが大好《だいす》きで、とてもいい子だと思っています。みなさんにも、そう思ってもらえるとうれしいなあ。

ジャック・ギャントス

訳者《やくしゃ》あとがき

この物語の主人公ジョーイ・ピグザは、小学四年生。「カゲキ」に元気な男の子です。授業中《じゅぎょうちゅう》さわぎすぎて止まらなくなり、ろうかに立たされても、一秒だってじっとしていられません。ろうかのロッカーや天井《てんじょう》にスーパーボールをぶつけて遊んだり、体にまきつけたひもをひっぱって、自分の体でコマまわしをして目をまわしてしまったり。また別《べつ》の日には、クラスの子の前で、家のカギを飲《の》みこんでしまいます。こんなふうに、いつもみんなを困《こま》らせたり、びっくりさせたりしているジョーイですが、お手伝いはすすんでするし、世《よ》の中をよくするための標語《ひょうご》を書いたステッカーを作ることもあります。ジョーイもやっぱり、みんなにほめられたり、みんなといっしょに笑ったりするのが大好きなのです。

そんなジョーイの夢《ゆめ》は、「ふつうの子」みたいに毎日を過《す》ごすこと。朝起きて、今日は何をしようかなって考えて、考えたとおりにやってみる――。でも、そんなふうにできる日は、めったにありません。何か思いついたら、それをどうやって実行しようかとか、それをやったらどうなるか、なんて考える前に、体が動いているからです。一度動きだしてしまったら、もう自分では止められません。たとえほめられることをしても、すぐにまたさわぎを起こしてしまいます。それで結局《けっきょく》、「ふざけすぎ」「言うことを聞かない」と、しかられてしまうのです。

ジョーイのこんな行動は、注意欠陥多動性障害《ちゅういけっかんたどうせいしょうがい》（ADHD）という障害《しょうがい》をかかえている子どもに、よく見られます。この障害《しょうがい》があると、注意してだれかの話を聞いたり、じっとしていたりすることがうまくできません。また、しゃべりすぎたり、とつぜん思わぬ行動をとったりしてしまいます。そのために、本人が予想《よそう》もしなかった結果《けっか》をまねくこともよくあるといいます。

ジョーイも、教室で思いもよらぬ事故《じこ》を起こしてしまい、特別支援《とくべつしえん》センターに通《かよ》うことになります。アメリカの特別支援《とくべつしえん》センターは、さまざまな専門家《せんもんか》が、子どもたちの障害《しょうがい》に合った生活の仕方《しかた》を考えたり、トレーニングをしたりする施設《しせつ》です。必要があれば、専《せん》門《もん》のお医者さんを紹介《しょうかい》することもあります。ジョーイの通《かよ》うセンターにも、いろいろな事情《じじょう》のある子どもたちが通《かよ》っています。ひとりひとり、受ける訓練《くんれん》も通《かよ》う期間《きかん》も異《こと》なります。ここでジョーイは、自分に合った薬《くすり》や訓練方法《くんれんほうほう》を見つけてもらい、少しずつほかの子と同じような行動ができるように練習《れんしゅう》を重《かさ》ねます。センターでジョーイを担当《たんとう》するエド先生は、さらにジョーイの母親や学校の先生たちにも働《はたら》きかけ、日々の生活で関《かか》わりのある大人たち全員で支《ささ》えていく環境《かんきょう》を整《ととの》えます。そして、ジョーイは、もとの学校のクラスへともどっていきます。

作者のジャック・ギャントスは、アメリカのペンシルベニア州で生まれました。小学校六年生のときに日記をつけはじめて以来、小さなノートや紙に、見たこと、聞いたことを書きとめるようになります。やがてそこから、物語が生まれるようになりました。この習《しゅう》慣《かん》は、大人になった今でも続けているそうです。東京でお会いした時にも、「なんでもこれに書いておくんだ」と、小さなノートを見せてくれました。

大学生のとき、イラストレーターの友だちと組《く》んで、絵本『あくたれラルフ』（福音館《ふくいんかん》書店《しょてん》／童話館《どうわかん》出版《しゅっぱん》）を発表しました。『ラルフ』は、アメリカでたいへんな人気を呼《よ》び、現在《げんざい》では十冊《じっさつ》を超《こ》えるシリーズとなっています。その後は、大学で物語の書き方を教えたりしながら、精力的《せいりょくてき》に作家活動を続けています。『ぼく、カギをのんじゃった！』は、ジョーイが主人公のシリーズ第一作目で、全米図書賞の最終候補《さいしゅうこうほ》となり、二作目の『父さんと、キャッチボール？』は、ニューベリー賞の最終候補《さいしゅうこうほ》になりました。この第二作目も、徳間書店《とくましょてん》から刊行《かんこう》されています。

みなさんの中にも、ジョーイみたいな子が同じクラスにいるよ、という人がいるかもしれません。このお話を読んでいるうちに、ジョーイの大変《たいへん》さが伝わってきて、苦しくなっちゃった、という人もいるかもしれません。生き生きと描《えが》かれたジョーイの毎日をハラハラしながら見守るうちに、「カゲキ」な子も、いろいろな事情《じじょう》や気持ちを抱《かか》えながら、がんばっているんだなあ、と思った人もいたことでしょう。ギャントスさんは、「みんながジョーイのような子どもに出会った時、その子の抱《かか》えている事情《じじょう》や問題に思いをめぐらしたり、やり直す機会《きかい》をあげたりできれば、この世の中は、だれにとっても、もっと生きていきやすいところになるだろうね」と、話してくれました。

アメリカでは、ジョーイのシリーズは、ほとんどの小学校の図書館においてあります。それはこの本が、まわりの人には理解《りかい》されにくいジョーイの心の動きを、細《こま》やかに描《えが》きだすと同時に、ジョーイをめぐる人々のさまざまな姿《すがた》を、ありのままに見せてくれるからかもしれません。

「配《くば》られたトランプをよく見て、勝つ方法を考えるのと同じ。自分の中にあるよいところを生かし、よくないところは、できるだけ小さくする」ジョーイは、特別支援《とくべつしえん》センターのエド先生の、この教えを胸《むね》に、新たなる一歩を踏《ふ》みだします。

続く第二作目では、ジョーイが会いたがっていたお父さんが登場《とうじょう》、強烈《きょうれつ》な個性《こせい》とパワーを発揮《はっき》します。ジョーイ・ピグザの毎日には、まだしばらくハラハラドキドキさせられそうです。

二〇〇七年　七月

前沢明枝《まえざわあきえ》

【訳者】
前沢明枝（まえざわあきえ）
ウェスタンミシガン大学およびミシガン大学大学院で英米文学、言語学を学ぶ。帰国後は、海外の絵本・児童書の紹介と翻訳をしながら、絵本解釈論の研究を続けている。訳書に『ねずみさんちの　はじめてのクリスマス』『家出の日』（徳間書店）、『グースにあった日』（福音館書店）、『ビバリーとしょかんへいく』（文化出版局）、『シンプキン』（朔北社）他多数。

【もう、ジョーイったら！① ぼく、カギをのんじゃった！】
Joey Pigza Swallowed the Key
ジャック・ギャントス作
前沢明枝訳 Translation © 2007 Akie Maezawa
208p、19cm NDC933
もう、ジョーイったら！①　ぼく、カギをのんじゃった！
2007年 8 月31日　初版発行
2022年 6 月 1 日　8 刷発行
訳者：前沢明枝
装丁：ムシカゴグラフィクス（百足屋ユウコ）
フォーマット：前田浩志・横濱順美
発行人：小宮英行
発行所：株式会社 徳間書店
〒141-8202 東京都品川区上大崎3-1-1　目黒セントラルスクエア
Tel.（049）293-5521（販売）（03）5403-4347（児童書編集）　振替00140-0-44392
印刷：日経印刷株式会社
製本：大日本印刷株式会社
Published by TOKUMA SHOTEN PUBLISHING CO., LTD., Tokyo, Japan. Printed in Japan.
徳間書店の子どもの本のホームページ　https://www.tokuma.jp/kodomonohon/

本書のスキャン、デジタル化等の無断複製は著作権法上での例外を除き禁じられています。本書を代行業者等の第三者に依頼してスキャンやデジタル化することは、たとえ個人や家庭内での利用であっても一切認められておりません。

ISBN978-4-19-862384-5

扉のむこうに別世界《べつせかい》

徳間書店の児童書

【もう、ジョーイったら！② 父さんと、キャッチボール？】 ジャック・ギャントス 作 前沢明枝 訳

「問題児」だったジョーイも、貼り薬のおかげで落ち着いて行動できるようになった。ところが、休みに会った父さんは、ジョーイよりもカゲキで…？　ちょっと変わった親子の絆が感動を呼ぶ物語。

小学校中・高学年〜

【本だらけの家でくらしたら】 N. E. ボード 作 柳井薫 訳 ひらいたかこ 絵

ファーンのおばあさんの家は、どこもかしこも本だらけ！　そのなかで、１冊の本を見つけるには？　本をふると、なかから登場人物がとびだしてくる！　本好きにはたまらない魔法が楽しい物語。

小学校中・高学年〜

【家出の日】 キース・グレイ 作 まえざわあきえ 訳 コヨセ・ジュンジ 挿絵

学校をさぼって乗った列車の中で、「家出屋」だと名のる少年ジャムに出会ったジェイソンは、自由な家出人たちの生活にすっかり引きこまれ…少年たちの姿を生き生きと新鮮《しんせん》な視点で描く。挿絵《さしえ》多数。

小学校中・高学年〜

【ジェイミーが消えた庭】 キース・グレイ 作 野沢佳織 訳

夜、よその庭を駆けぬける。ぼくたちの大好きな遊び、友情と勇気を試される遊び。死んだはずの親友ジェイミーが帰ってきた夜に…？　英国の期待の新鋭が描く、ガーディアン賞ノミネートの話題作。

小学校中・高学年〜

【テッドがおばあちゃんを見つけた夜】 ペグ・ケレット 作 吉上恭太 訳 スカイエマ 絵

中学一年の少年テッドは、町で銀行強盗事件がおきた日の夜、あやしい男に無理やり車で連れさられる。脱出を試みるテッドだが…？　危機に直面し身近な人の大切さに気づく少年の成長を描く、スピード感あふれる物語。

小学校中・高学年〜

【海辺の王国】 ロバート・ウェストール 作 坂崎麻子 訳

空襲で家と家族を失った12歳のハリーが、様々な出会いの後に見出した心の王国とは…。イギリス児童文学の実力派作家による「古典となる本」と評されたガーディアン賞受賞作。

小学校中・高学年〜

【ものだま探偵団 ふしぎな声のする町で】 ほしおさなえ 作 くまおり純 絵

5年生の七子は、坂木町に引っ越してきたばかり。ある日、クラスメイトの鳥羽が一人でしゃべっているのを見かけた。鳥羽は、ものに宿った「魂」、「ものだま」の声を聞くことができるというのだ…。

小学校高学年〜

BOOKS FOR CHILDREN

BFC